人人学茶

和一杯茶邂逅

- 茫茫茶海的不期而遇,娓娓道来的深思回味
- 寻茶、品茶、话茶,茶人、茶事、茶情

和晓梅 黄大 著

 旅游教育出版社
·北京·

策　　划：赖春梅
责任编辑：贾东丽

图书在版编目(CIP)数据

和一杯茶邂逅 / 和晓梅，黄大著. --北京：旅游教育出版社，2021.3
（人人学茶）
ISBN 978-7-5637-4223-3

Ⅰ．①和… Ⅱ．①和… ②黄… Ⅲ．①随笔—作品集—中国—当代 Ⅳ．①I267.1

中国版本图书馆CIP数据核字(2021)第026025号

人人学茶
和一杯茶邂逅
和晓梅　黄大◎著

出版单位	旅游教育出版社
地　　址	北京市朝阳区定福庄南里1号
邮　　编	100024
发行电话	（010）65778403　65728372　65767462（传真）
本社网址	www.tepcb.com
E-mail	tepfx@163.com
排版单位	北京卡古鸟艺术设计有限责任公司
印刷单位	天津雅泽印刷有限公司
经销单位	新华书店
开　　本	710毫米×1000毫米　1/16
印　　张	12
字　　数	156千字
版　　次	2021年3月第1版
印　　次	2021年3月第1次印刷
定　　价	52.00元

（图书如有装订差错请与发行部联系）

目录 CONTENTS

- 01 | 邂逅《和一杯茶邂逅》
- 03 | 一款好茶，正如生命之繁华
- 05 | 俗人多泛酒，谁解助茶香
- 06 | 缘来一杯茶
- 07 | 一杯茶的邂逅
- 09 | 茶动人静　茶静人近

茶寻

品茗风雅行

- 02 | 青山环玉带，品茗风雅行
- 06 | 太刺激了，寻茶的路不好走啊
- 09 | 要说做点茶，真是不容易啊
- 12 | 舌尖上的云南
- 16 | 上云南茶山，都应该随身带些啥？

茶话

和一杯茶邂逅

- 22 | 一杯龙井间，不负江南春
- 24 | 一壶风月兰草香
- 26 | 径山茶里的万古长空
- 29 | 绿海明珠，一片树叶承载的信仰
- 31 | 北纬30°，茶香氤氲中的千年奇迹
- 35 | 炭火间的温度，茶叶里的乾坤
- 37 | 懂过

茶荟 — 最好的那一『茗』

- 42 | 斗茶，从茗战到赛茶
- 44 | 精英荟萃马连道，"茗"争暗斗茶中王
- 48 | 斗茶，斗到腰酸腿疼、低血糖，斗到几乎要通过决斗定胜负
- 53 | 百里挑一，我们都是最好的那一"茗"
- 57 | 猜一猜，最后谁将拥有"金舌"？
- 59 | 茶博会有感
- 61 | 当我去逛茶博会的时候，都去逛些什么？
- 64 | 会聚三载，茶香四溢
- 68 | 一场茶会做到100分不难，难的是，每一场都能做到
- 70 | 问鼎大红袍，谁为武夷星？

茶品 — 一道道亮丽的风景线

- 74 | 六大茶类与其真正的本"色"
- 76 | 久闻其名宜红工夫
- 78 | 曾经窨在记忆中的茉莉花茶
- 80 | 有烟抑或无烟，都不要试图讨得所有人喜欢
- 82 | 茶之我辨
- 85 | 书画"留白"与茶的魅力所在
- 87 | 有口福
- 89 | 北宋灭亡与极尽奢靡的贡茶
- 91 | 这20亿元到底是累坏了炒茶大师，还是谁？
- 93 | 到底一年四季喝什么茶、一天什么时候喝茶，才利于身体？

茶悟

如果一个人只是件容器

- 98 | 不过是一袋劣质的茶包
- 101 | 一个人要有种可以陪伴到老的嗜好,譬如喝茶
- 104 | 刻意捡漏,莫若自己创造机会
- 107 | 没有自己的思想,就如同一泡无味之茶
- 109 | 熟能生巧、巧而生美的前提,必须心有热爱
- 111 | 还没等到第二泡,人已转身离去
- 114 | 如果可以骑着共享单车去共享茶馆喝茶
- 115 | 还是现实一点吧,茶人们
- 117 | 几条小小群规都不能遵守,还谈什么修心精行
- 119 | 管理好时间,多读书喝茶少玩手机
- 121 | 好不好喝,看上两眼是不是就可以知道
- 124 | 建立一个口味和品质的标准很重要
- 127 | 哪怕这只是一个简单过程所带来的感受
- 129 | 你说好就一定好?那只是一厢情愿
- 131 | 不能光为了吸睛,而无下限地搏出位
- 133 | 以前天上掉馅饼没砸到自己头上,以后也不会
- 136 | 从"神农尝百草"推断5000年前就诞生了白茶是个伪命题
- 138 | 听讲座,讨论茶,瞎操心

茶人

那些人那些茶

142 | 徒弟的嘴，说曹操曹操就到 & 汪秘的眼，在人群中不用多看就能发现

145 | 凤凰男人茗刘和他的凤凰单丛

147 | 爱心有多远，生命就会有多远

149 | 岁月无情，或许中途就不属于自己了

152 | 这些年在马连道吃过饭的那些家店

156 | 竟然有这么巧的事，喝的就是自己的茶

158 | 那些"勤快"的阿姨们，让杯具变成了悲剧

161 | 沧海龙吟

162 | 亦非台

164 | 究竟涅槃

166 | 归去来兮

168 | 寂寞开无主

169 | 暗香疏影

171 | 五味魁首最是鲜

173 | 租个院子烤玉米

邂逅《和一杯茶邂逅》

黄大老师新书《和一杯茶邂逅》即将付梓，嘱我作序，我便也和这本书的样张进行了一次邂逅。

"邂逅"，是一种没有相约的遇见。我邂逅了这本书，却是一定要认真地读一读。这本书包括了"茶话""茶寻""茶荟""茶品""茶悟"等多个篇章，涉及寻茶、品茶、鉴茶、茶人茶事等多个方面，是一本短小精悍、情真意切、适宜阅读的小品茶文荟萃。

我在学茶方面，既主张成系统的全面学习，那是一种思维架构的建立；也主张利用碎片化时间去多接触茶，那是茶融入生活的一种亲近。尊重和亲近并不矛盾，刻意与邂逅也许是一体两面，只要我们爱茶，就会以茶为媒介，产生无数种邂逅的可能，又从中生出对茶"不断学习"的念力，念念不忘，必有回响。不要给自己学茶的压力，又能对茶不断深入，不做一个不懂茶的中国人。

日本茶道经常说一个词语"一期一会（いちごいちえ）"，在茶挂①上出现的概率非常大。在茶道里，指表演茶道的人会在心里怀着"难得一面，世当珍惜"的心情来诚心礼遇面前每一位来品茶的客人。一生中可能只能够和对方见面一次，因而要以最好的方式对待对方。这样的心境中也包含着日本传统文化中的无常观。一期一会，字面上的意思已经非常明白。融会到茶道的仪式里，就是通过一系列的茶道活动，表现出不知何种缘分遇到而又终将分别再见的寂寥。也正是这种寂寥，让人内心安静下来，不要慌张，要去感受当下的美好，进而安定，升起对人生离合、相聚的种种明悟，才是喝茶的境界。这种思想本和我修习的中国禅宗"觉知当下""当下一念"一脉相承，即《金刚经》"过去之心不可得，现在之心不可得，未来之心不可得"之意。然而，似乎日本文化认知到后来有些偏，对此的

---

① 《南方录》第十九章：诸般茶道具中，当以挂物为首要，是主客同修以穷诸茶道究竟、通达要妙的指归。通常指日本茶室悬挂的当日茶会主题的书法条幅。

理解变成既然邂逅如此难得，真是平添凄清，有种哀怨之意了。

其实既然邂逅难得，为什么我们不能奋进、勉力一搏更进一步呢？因上努力，果上随缘，因为邂逅的那么一点，而能发挥开来，通过一杯茶，望见自己、望见天地、望见众生，自己的路就越来越宽了。我想，这才是一杯茶的意义吧。

我相信一杯茶的力量，不是矫情，不是心灵鸡汤，而是我坚信一杯茶引发的一点，终将改变我的生活，就如同一只亚马孙流域热带雨林中的小小蝴蝶偶尔扇动几下翅膀，却在两周后引起得克萨斯的一场飓风一般，而这一切，不也是始于一场邂逅吗？

就让我们一起，手捧清茶一盏，一起来认真读读这本《和一杯茶邂逅》吧……

国家一级企业培训师/国家五钻餐厅审评员/美食作家/
"清意味茶学流派"创始人　李韬

一款好茶，正如生命之繁华

黄大先生要出一本关于和茶邂逅的书，邀请我写序，我当时有些受宠若惊。其一我是茶的门外汉，或者说是一个初级到不能再初级的爱好者，其二在饮品经验上，我一直是威士忌和碳酸饮料的重度患者。

对于茶，我的开悟周期很短。但是我清晰地记得，2019年的某一天，黄大到我公司，神秘兮兮地掏出一包淡黄色牛皮纸装的茶叶，说是以自己名字命名的红茶，邀请我们品尝。一套烦琐的泡茶工艺，在我非常现代化的办公室里一顿猛如虎的操作，然后给我和几个同事递上杯子。毫不夸张地说，第一口品尝，那茶香就让我立刻遁入一片花海森林中，在忙碌而焦虑的办公室环境下，我仿佛被这口茶香引领着穿越到了一片花海或森林之中，瞬间忘记了后面接续的会议和紧张的谈判。

那一刻，我瞬间理解了为什么很多朋友，乃至超级企业家的办公室里要摆放一套茶具，甚至有专门聘请的泡茶专员。也理解了为什么很多社交活动中，一群朋友总是聊起茶叶的故事，相互攀比收藏的茶叶和背后的经历。一道摄人心魂的好茶，的确能够引发人的思绪和味觉想象。

那一刻的感悟，如今回想起来，很像周星驰《食神》电影中，薛家燕评委尝到了"黯然销魂饭"后的那般演绎，的确能够让人瞬间遁入另一个空间中。这或许就是人们常说的"摄人心魂"的感觉吧。在那一次的体验之后，我开始学习品茶，买茶，聊茶，也会时不时地和朋友们分享交换茶。

个人认为，茶和白酒的属性很像，30岁前，很少有人喜欢白酒，觉得辛辣冲鼻，但是经历了年岁的磨炼和成熟，白酒中的"起承转合"，开始令人神往，酱香，清香，窖香，开始和友情、亲情、兄弟情混合，成为一个人的社会经历和人生品味。

茶亦如此，随着年龄和阅历的增加，从十几岁，追求甘甜解渴的PV包装的茶饮料，到二十来岁上班时为了方便快捷喝的立顿，再到三十来岁，能够静下心，来一泡水仙或岩茶。不想说茶如人生这种假大空的话，但至少，每一个人，都应该拥有一款配得上其性格、经历和人生味道的好茶！

　　一款好茶，可以成为你生命中，社交、独享、思考以及处世哲学的配件。配件虽不起眼，但却有万千学问和门道，也需要用心地学习、归类、探索、分享、交流和思考。

　　正如你我所努力追求的生命之繁华。

北京戈壁天堂文化创意传媒有限公司创始人/CEO　陈乐

俗人多泛酒，谁解助茶香

与茶相关的一切都如此美好，常令人一旦沾染，终身沉迷。

二十年前，黄大与我在广告公司共事。那时候我们都二十岁出头儿，正是年轻气盛的年纪，记忆中大家和茶都没有什么交集。

十四年前，我因为一泡茶的因缘，误打误撞从广告业转入了茶行业，从此忝列"行里人"。黄大因与我多年交谊，也成了马连道的常客。晓梅姑娘也是我在做茶不久后就结识的，那时候我还是茶行业里的新手儿，而晓梅则早已是江湖"名票"，资深茶友。

十几年转眼过去，如果说流年似水，那么如黄大和晓梅这样的知交故旧，应该算得上"如茶"吧。人生没有多少个十几年，人生也不会有太多如茶般韵味悠长的朋友。

读过很多本关于茶的书，有的专业，有的深刻，反倒是像黄大和晓梅的这本书这么有茶味儿的，少见。年纪越长，越觉得人生在世，最难能可贵的就是个"心气儿"，怡然自得者，是真富贵。很惭愧，做茶十余年，终日疲于奔命，闲情逸致都成了泡影。所以很羡慕此二人，在如此心浮气躁的时代里，还能把茶之种种写得这般朴素、从容、优雅、恬淡，读起来风烟俱静、惠风和畅的，使"鸢飞戾天者，望峰息心；经纶世务者，窥谷忘反"。

真是其文如茶。

茶这种"淡风味饮料"最大的好处就是，你可以在平静之中细细鉴赏它，并且对应到自己所有的人生况味，而不至于被各种强烈的味觉刺激带着我们的感官体验四处乱跑。这是一种"于平淡中见悠长"的人生美感，这就是所谓的"韵外之致"。

总有一天，你会懂的。

观止斋创始人　王砚生

缘来一杯茶

认识了黄大就认识了红茶，认识了和晓梅就认识了茶艺茶道之美。北京茶友会成立后的第一场茶会就是黄大与和晓梅联袂奉献的。记得茶会的时间是2015年的7月13日下午，题目是《红色之恋——红茶品鉴会》，缘起是旅游教育出版社赖春梅编辑的推荐，因为黄大老师刚刚出版了一本茶书《第一次品红茶就上手》（图解版）。彼时我对茶文化刚产生浓厚兴趣，因此那次茶会让我收获颇丰，不但通过黄大的讲座了解了红茶体系，更从晓梅对红茶茶道的讲解和示范中，体悟了茶艺茶道之美。正山小种、祁红、贵州红宝石、凤牌滇红，一款款茶，香气氤氲，下午茶会的时光曼妙温馨。缘来一杯茶，从此开启了与黄大、晓梅的友情往来。一晃时间过去了五年，这期间黄大老师也著述颇丰，受茶友喜爱的《第一次品红茶就上手》（图解版）已出至第三版。最令人惊喜的是晓梅在紧张的工作之余，也悄然拾笔记录自己茶修的心路历程。就像五年前的茶会一样，两人联袂，结集成书，以不同的视角看茶界江湖，相信茶友在阅读此书时，一定会有如饮一杯佳茗的感觉！

北京茶友会发起人、会长　古道白云

一杯茶的邂逅

缘识黄大，记得还是因四年前公司的一次项目咨询，经公关圈一位资深小姐姐介绍。小姐姐说此人是早期公关圈的奇葩，如今茶行业的作家，博学古今，著书有方，精通品牌营销之道。乍一听名字——"黄大"，脑海里立马浮现出一身汉服唐装，仙风道骨、慢条斯理，张嘴即为"茶者南方之嘉木"的形象侧写。毕竟，黄大，离"黄大仙"就差一个"仙"字，仙范儿应该差不到哪儿去。

初遇黄大终于让我领略到了"一字之差，谬以千里"的精髓所在。清瘦的体格上支立着一个和身材尺寸不符的大脑，发型朴实无华且略显枯燥。一件POLO衫打底，鼻梁上厚厚的镜片后面一双水汪汪的眼睛并无有异常人之处。

但就是和这位低调的黄大，那夜，我们就着很多茶聊了很多话，四个多小时交流全程无障碍！从茶行业的现实困局到茶文化的传播瓶颈再到茶生活的如何普及，很多想法都出乎意料的和谐。看得出，他是个用心来爱茶的人，也是一个愿意用践行来懂茶的人……每每谈到茶，他那眼神就能立马充满有异平日的光泽，语速明显加快，情绪也越发激动！好吧！黄大，原来你是慢热型的啊！

以后又有几次和黄大的业务交际，让我越发对黄大全身，上到头发丝儿下到脚指甲盖儿所散发出来的一种真实，产生了特有的亲切感和佩服！可能有人会说这有什么呀？做人真实很普遍啊！谁不会啊？您还别说您会，我们通常所谓的真实也许就是说真话，但在这个社会化合物里，却也只是相对而言。在我们的日常生活和工作中，我们通常只会说那些可以说的"真话"而会隐藏一些不该说的"真话"，而这些不该说的真话就成了您说的这些"真话"所伴随的"假话"。说得跟绕口令似的您可能还没听明白，那就比如说，直播一场有广告伙伴参与的茶会，大家都小心翼翼一团和气地捧着喝，捧着说，哪怕知道这产品有些缺陷啥的，你也只会避重就轻地迂回表达，但黄大就敢当着人家品牌大老板的面儿直言不讳地指出产品和工艺问题，弄得大老板那个一身汗和一脸尴尬啊……换您您估计得掂量掂量说完这话，还拿不拿得到这场活动的伴手礼吧！您千万别拿情商低来说事儿啊，在我看来，这是黄大对茶的一番用心良苦！

受邀为黄大的新书《和一杯茶邂逅》作序的那一刻，心情着实紧张了一番，与黄大是亦师亦友的交情，为其作序理当竭尽所能不负所托。但生怕黄大新作受累于本人的墨水有限，所作序格调不够，怕有负黄大重托。但看着书名《和一杯茶邂逅》，却又觉得自己应该为和黄大的此生的邂逅说点儿什么，才有了本文以上的赘序……

事茶七年有余，我们喝茶到底是为了什么？这是我和黄大那夜探讨过的问题，这也是很多喝茶人的疑问，事茶人的困点！其实答案因人而异！因人的角色而异。

在我觉得——

喝茶可以使人健康，但茶寿仅仅是我努力的方向，我并未奢望茶能把我掌纹上的生命线延长。

喝茶可以使人清心寡欲，但尚处而立之年的我，倘若每天得靠这杯茶来劝诫自己妥协命运拿起放下，只怕我此生建设社会主义强国的中国梦做到今天就可以打住了；喝茶可以使人财富增值，讲真，在全球没把茶叶归为非可再生资源、美联储储备的不是茶叶而是黄金、国家尚未将茶树列为濒危植物之前，我真不太相信现在存十万块钱的茶叶可以十年后给我在北京的三环附近换套哪怕40平方米的房。

我喝茶的原因其实很纯粹——喜欢那种用一杯茶的时间邂逅"人"的感觉……从容、无为且自在！

它既不需要我拿出在酒桌上"死了都要喝"的强作豪迈，也不需要我如同在办公室接待般那"犹抱琵琶半遮面"地为"社交规则"故作深沉。更不需要我三更半夜呼朋引伴地潜入夜店买醉后才能换得"真兄弟"和"真爱"。

因缘而遇，因品而往，无为而交……那种感觉，就是最让我享受的"邂逅"，也是我所理解的"天注定"……

请茶网创始人　　许立平

茶动人静　茶静人近

与晓梅的相识是在之前的工作室，她总是带各种好吃的和茶过来，声音轻轻的，人如流淌的溪水般恬静。同事告诉我她是一名茶艺师，我深信不疑。在之后的某一天里我才得知，她其实并不是茶艺师，只是爱茶爱得深沉，她泡茶的样子足够让你痴迷。

茶，对于大多数人而言并不是必需品，但对于某些人来说却如同空气，每天不饮上几泡浑身都不自在。而我是生性对于甜的耐受度不高，茶就这样自然而然成了我的偏爱。它不是索然无味，也不会成为味蕾的负担。

关于茶的名堂我总爱问晓梅，我喜欢她对茶的态度，严谨中带着几分随性。不选最贵的，只选最适合的。可以按度数按分钟，但大多数时间靠直觉和经验，更像是和茶的对话。有时她还会燃起一根香，一盏茶，一席座，岁月静好大抵就是这样了。

以前总是需要找个合适的契机，才能跟晓梅惬意地对谈茶的文化与感悟，却也总避免不了离席的时刻。这本书可以说我期待已久，我想也是必然的产物。打破了空间、时间的限制，在书里，有着各种茶与人、人与人的故事，读过方知，一茶一世界，一壶一人生啊。

新锐摄影师　邹悦

茶寻

品茗风雅行

我们找到正确的路开到茶农家时已半夜,刚好赶上他们在做茶炒青,满院子的茶香。

青山环玉带，品茗风雅行

朱子故里觅红茗

尤溪，朱熹的故里，山水灵秀。据史料记载，从宋朝开始尤溪人便开始大面积种植茶树。也许沾了朱子的文雅，这里的茶叶也别具一种韵味。驱车前往茶场的途中，但见高山上一片片茶园，掩映在云雾间。

几天来，每到一个茶场，少则两三种多到八九种地品尝。起初老板拿出来的都是行货让我们喝，慢慢察觉到我们对茶的品评理解并非那么凡俗，主人才开始不断找出更好的茶给我们品。有时喝到开心了，主人甚至会拿出他们的私藏。

刚好近期福建省里在搞斗茶赛，茶企都非常重视，我们有幸喝到两位茶家的参赛茶，可惜第一家没货给我们带，第二家商量半天才匀出二两。

红茶创始武夷山

只有到了武夷山，才会感受到为何这里的岩茶红茶首屈一指，优良的自然环境与传承成就了茶叶的品质。

本以为大雨会让我们进桐木关的计划搁浅，不过幸运的是，我们遇到了福星相助，酒店老板的朋友亲自开车送我们进山。

雨中的山间风景别有韵味，云雾萦绕在半山腰，溪水瀑布奔流，美不胜收的让人目不暇接。关外的茶园还是成片划一的，进了关后茶园大都散落在山坡岩土间，有的只有那么一小块。

　　进了山里后，沿途各种的茶场，感兴趣的话就可以拐进去品茶。路上随便去了一茶农家，木头建的房子就很有特色，在这里品茶，感受也很别样。

　　保护区里现在管理得非常严，想进去要费很多周折，就算是去买茶，茶企不给关口打招呼根本进不去。

　　此行最大的收获是去了正山堂，金骏眉创始之地，并且喝到了正宗的金骏眉和正山小种。在另一家知名茶企，老板带我们去了山上茶园，采茶的工人见我给她们拍照，纷纷围过来看照片。

　　老板的母亲在择菜，跟她老人家聊了会儿，她说每天要给这些采茶工做饭，做了好几天了。

　　往回走还没出村，路被塌方堵了，可能昨夜和白天都在下雨，山体滑坡了，好在往来的车很少，而且当时没有车通过。来清除路障的是正山堂派来的铲车，他们来做好事，之前接待我们的那位副总还随车一起过来了。很快路通了，而且几乎没有造成任何堵塞。

　　返回时在下面的村子去了家规模比较大的茶企，老板拿了两款红茶和私藏的四款岩茶给我们品尝。岩茶虽然不错，但我因为不懂，不太喝的出彼此那种浓郁味道间的差别。

景区买茶不靠谱

在福建尤其武夷山，充分感受到了茶文化的无处不在。不过早就看网上的攻略说，不要在武夷山景区买茶，我们亲身验证了攻略说的没错。

"山菇"即如今的三姑，是武夷山的景区之一，当年的村子经过20年的打造以及政府资金投入，现已成为一条茶街，不过里面的茶店随便看了两家，卖的茶不敢恭维，"金骏眉"标价两百多，店员看我的神情以为嫌贵说里面还有更便宜的，我没回话转头就走。景区里游人稀少茶店空荡，据说在"五一""十一"旅游旺季时，就会有大量的游人过来买茶。

一蹬三轮的带我们四处游逛，介绍着景区的由来特色，并且跟我们讲不要在这里买茶，也不要去桐木关，说那边有军事基地如今不让进，起初还以为他是好意，后来才明白他是个茶托儿。

左右没事，就去了他说的茶店，不过店主拿出来的两款红茶实在不成，各喝了一口，我们起身告辞，店主要我们再品尝下岩茶我们没有答应。三轮车夫

也许因为没做成我们的买卖有些恼怒,下车时对我们说"在武夷山只有女人才喝红茶",不过我们并没有生气,还朝他竖起大拇指,以德报怨、化干戈为玉帛,展示了我们的不凡素质与宽大胸怀。

太刺激了，寻茶的路不好走啊

网上曾有几张照片特别火，俩骑摩托的人从山上下来时不小心掉进了泥坑里，弄得从头到脚一身泥水，跟活雕塑似的。我们刚好在云南做茶，看到照片一通窃笑后，也颇有些心生同情，因为茶山的路实在是不好走啊。

云南临沧因为开发得比较早，茶农相对富裕，路还算不错的，据说有的茶区路难走得一塌糊涂，去了一次就不想再去第二回了。

不过我们去冰岛时，一路都在翻修，所过之处尘土飞扬，前面要是有辆车就跟进了黄尘雾里，啥都看不见了，有两次我们看不清路停下车来，尘土散开只见一辆货车就在眼前。

去昔归的路比冰岛好了很多，只是山路盘旋曲折，好几个同伴都开始晕车，包括我，好在一路上大家说说笑笑插科打诨，多少缓解了身体的不舒服。

我们途经的所有寨子间的山路都很狭窄，有时想错车或者想超车，必须要等到稍宽的路段，茶山上的就更别提了。这些天各处跑下来，感觉云南人民开车彼此都很谦让，谁更方便退让或往边上靠，谁就主动挪车，每次我们都会鸣笛致谢。我想这要是在北京，大家谁也不让谁的那个劲儿，估计山路上车早都排满了，都别想过去了。

有个不知名的小寨子我们来回几次经过，这一回又遇到了集市，而且正当最繁忙时，本来就狭窄的街道彻底堵上了，我们正协调如何错车的工夫，前面又过来两辆车，真是雪上加霜。我连车都下不去了，右侧跟摊贩几乎只有几毫米近，旁边一摩托车擦着车门而过，要不是我探出车窗用手抬了下摩托，车身肯定会出现一条划痕。好在几个司机下来一通协调指挥，没过多久大家都陆续过去了。

说到摩托车，这大概是山民们最常用的交通工具，几乎家家都有两辆，行路、载货都用它。有次茶农的儿子骑摩托带我去镇子里，在蜿蜒曲折上上下下的山路上飞奔，实在太刺激了，迎面的气流急速冲过来，让我几乎都无

●茶寻

太刺激了，寻茶的路不好走啊

法呼吸。

云南山高林密，除了路不好走，手机信号有时也不畅通。来云南前，观止斋王老板说茶山上手机不好用，最好带个移动号的。我的手机用的是电信的号，问王老板如何他说不知道。我心想如果没信号这还挺麻烦，不过我手机是双卡的，实在不成再买个寨寨通吧。

到了云南后，发现在城市和去了山里，信号几乎都还可以，最差时也没断过，只是上传下载图片速度慢了些。镇子里经常能见到移动和电信的门店，以及墙体广告宣传，而且俩公司的几乎都挨着。

一次我们途经勐库，停车休息时见路旁有家电信门店，于是跑进去询问电信网络状况。店员很热情地问我想去哪儿，我说滇西南的茶山，她说没问题，信号几乎都有覆盖，只有一个盲点（我没记住哪个寨子），但移动在那儿也没信号。

虽然山中气候多变，不过今年春天还好，大都比较晴朗。不过愚人节那天出了点状况，天气预报也跟着骗人，明明说晚上没有雨，我们正跟茶农喝茶聊着天，瞬间雨就开始下了起来，大家赶紧七手八脚收茶，否则再过一会儿都泡成茶汤，孝敬土地爷了。

就在刚刚，几声惊雷以后，一阵大雨，接着冰雹从天而降，不过几分钟后，太阳出来了。

要说做点茶，真是不容易啊

　　这两天从云南邦东、昔归、曼岗、那罕、大青堆、勐库到大户赛，一个寨子接一个寨子，往返跑了差不多四五百公里，感觉很是疲惫。所幸老姚驾车谨慎，领队王老板来过多次，一路寻茶还算比较顺利。

　　其实茶区间的每个寨子之间并没有多远，但是因为跑的是山路，路况并不都那么好，加上速度提不起来，所以如果出发的迟了，就有可能赶夜路了。刚刚在去大户赛的路上，因为天黑看不清路标，加上大家光顾说笑打发时间，离冰岛只剩不到几公里时，我们才发现路走错了，又掉头回返。夜里的山路不像在城里，有路灯、路标及建筑可参照，实在不成还能找个警察打听下路，而这儿就算开着导航，也未必能顺利找到茶农家。

　　要说无论茶农还是来云南做茶的茶商，都真的是不容易。从一个寨子到另一个，近的也要走几十里山路，而通往山上茶园的小路狭窄蜿蜒崎岖，如果有上下两车相遇，互相错开都是个难题。有的路还可以开车上去，而有的路只能骑摩托，但大多数情况下，茶农们每次采完茶，都只能背着青叶徒步来来回回。

　　小伙伴们坐在家里边喝普洱边看我们在微信上晒的照片，想象着在山间茶园采茶做茶的情景，都感觉我们很自在、很高兴，对我们充满了艳羡，表示下次也要一起跟来。可是当你真的亲自过来体验时，肯定就不会这么认为了。就在两个小时前，我们坐着茶农家的摩托去几个山头收茶，一路上尘土飞扬，弄得满头满脸满身都是尘土。还好在云南的这些天里，没有赶上下雨天出去，否则那种泥泞难行简直无法想象。

　　茶农家的洗浴条件参差不齐，虽然这里几乎家家都有太阳能热水器，但人多加上有时夜里才忙完，水温早已经变凉了，所以几天洗上一次澡基本属常态。不知道那种极其爱干净的人，在云南茶山里如何适应，很可能仅仅待一天就受不了走了。一个开茶店朋友的店员，是个特别爱干净的女生，每天早晚都

和一杯茶邂逅

要洗澡，衣服也洗得件件干干净净叠得整整齐齐，我跟朋友说你把她带到云南茶山里，让她在茶农家里待上一段时间，她的这个习惯就没有了。或许很可能连一泡茶都没待上，她就落荒而逃。可是你想过没有，平时在窗明几净的店里清清爽爽喝的香醇的茶，都是在这样的环境和条件下做出来的。

我们这几天的住宿条件，比起其他几个寨子的茶农家，相对来说还算可以的。至少有床、床垫子和被褥，虽然阁楼的房檐四面都透着风。王老板他们去年曾住过一次茶农家简陋的棚子，床铺就是两层纸箱子，身上盖的被子脏得都看不出本来的颜色。我们每天几乎都和衣而睡，开始很不舒服，慢慢也就习惯了。

有两回因为寨子间的路比较远，中途只好留宿在大镇子的旅馆里。这种小旅馆只有位于交通枢纽的大镇子里才有，里面房间数不多而且比较简陋，估计当初建造它，也是因为这几年来山里做茶的人越来越多。平时应该还好，赶上春天做茶的旺季，如果不提前预订，只能夜宿车里呢。有次我们虽然电话预订了，但一直等到晚上9点才排到两间，里面居然没有厕所不能洗漱，不过总比睡车里强啊。所以那些一出门就习惯住星级酒店的，肯定干不了做茶这个行当。

茶农家品茶的器具同样也比较简陋，无法跟城市里装修讲究的茶店相比。不过在茶店里喝茶全凭脑子里的想象，远不及我们身临其境感受深切。我们找到正确的路开到茶农家时已半夜，刚好赶上他们在做茶炒青，满院子的茶香。

去年王老板来做茶时，在茶农家白墙上书写了篇乾隆的咏茶诗，我们围坐在茶桌旁，一边欣赏着墙上的书文，一边在香气中品着白天刚晒好的茶青，奔波了一天的风尘疲惫顿觉烟消云散。

舌尖上的云南

因为车开到茶农家时已经是夜里了,来不及做晚饭,就让茶农给我们做了一锅鸡蛋面,虽然有点咸,但还是吃了两大碗。

做面用的鸡蛋都是茶农自己家养的鸡下的,他们大大小小养了一百多只鸡,都散放在房前屋后的山坡上,根本不去管它们。这些鸡白天自己漫山遍野地寻食,晚上自己回到窝里睡觉,有的就睡在茶树上。观察了下,其他农户家都这样,房前房后散养着很多鸡。

一天茶农给我们端来煮好的鸡蛋吃,我问这都是自己家养的鸡下的吗?茶农说是,我说它们漫山遍野地跑怎么找它们的蛋啊,茶农说到处翻啊。

茶农说就在今天找鸡蛋时,发现有只母鸡刚孵出来一窝小鸡,然后带我去看,果然在山坡小路上,一只母鸡正带着一群小鸡在寻食吃。我想靠近拍下小鸡雏儿,结果母鸡很警觉,见到我靠近立刻发出短促尖锐的叫声。

茶农的小外孙跟他们养的小鸡一样，也是半散养状态，茶农有时忙着做茶没时间管他，他就自己光着脚到处跑着玩儿。昨天一个人玩了好半天水，后来拿着个小铁锤子到处敲。有时我们在喝茶，他也过来要。吃饭的时候给他碗里盛上米饭和菜，他就一手端着碗一手抓着吃，而且吃得很香的样子。小外孙以为所有塑料包装里的东西都是好吃的，经常拿着纸巾包什么的叫我们撕开给他。

每天的早饭都是米线，不论在云南的何处，在茶农家还是随便找个小店，米线都好吃。

有次茶农给我们做了糯米饭，用一种野生黄花煮水蒸米，糯米金黄透亮，吃起来别有一番清香筋道的口感。

对于酸甜苦辣咸，云南人似乎都比较喜欢。

茶农家有棵樱桃树，结了一树果子，我去摘了些但只吃了一颗就不想吃第二个了，樱桃居然是苦的。可是茶农的外孙吃了好些，跟没事似的，弄的满嘴满脸到处都是红色的果汁儿，乍一看还以为是哪儿碰破了流的血。

我在超市里看到一种蘸水辣李子，问服务员为何叫这么个名字，

她说这是要蘸着辣椒吃的,她让我尝了个李子,味道又苦又涩。

有天去一个寨子途中,带我们去的茶农中途停车说要买几个泡水梨,就是一种用糖盐水泡过的梨,我咬了一口就不想再吃了,把王老板吃得龇牙咧嘴,说牙都倒了。

有天我想找袋奶泡红茶，发现一纸箱子装满了盐，我问茶农为何买这么多盐，他们说平时要吃，到了年底还要腌腊肉，我问一年大概需要多少盐，他们说二十到四十斤吧。也难怪，他们几乎每家的房檐下都挂满了各种腊肉。

　　在云南见到很多陌生的绿叶菜，有的叫不上名字。当地人很喜欢吃薄荷叶，用油炸过，酥脆清香，我觉得这种吃法不错。

　　有次在小店吃饭，问服务员端上来那盘子里的是啥菜，服务员说e（二声）菜，我问哪个e，大鹅？蛾子？服务员被问得有点烦了，边走边转头大声回答说，你e子的e！

上云南茶山，都应该随身带些啥？

临去云南做茶前，王老板再三叮嘱我们几个第一次进茶山的，随身的行囊尽可能简单，不要带太多的东西，因为经常要在寨子间奔波往来，一方面背着太累赘，另一方面没有地方存放。另外就是手机号最好是移动或电信的，否则山里没有信号。

但是我没有完全听他的，还是带了一个大拉杆箱，里面装了差不多近一个月的换洗衣服。事实上证明我这么做还是挺明智的，虽然跑来跑去带着是有些累，但是衣服脏了又很不方便洗的时候，多带几套衣服的好处立刻显现出来了。只是我真的无法去体会，一两个月都不洗澡不换衣服的王老板，他是怎么熬过来的？

云南著名的大茶区都是在山里，寨子和寨子间的乡村公路基本还可以，但是山里面就不好说了，通往茶山的小路，有的极其蜿蜒崎岖坑洼狭窄，能把车安全开上去的都不是一般的技术，而且有时遇到对面来车，错车简直是一件无法完成的事情，只能有一方退让先倒车到稍微宽点的路段，这时候要是双方都不相让，那谁都别想动地方了。

虽然有的寨子距城镇并不很远，但是山路曲折难行，不容易跑出很高的速度。加上寨子里的路况不佳，不可能白天在茶农家做茶，晚上去镇子里住旅馆，更何况有时一天要跑好几个地方，有时还要在一个地方做几天的茶，所以通常情况下都是住在茶农家里。但是茶农的境况各异，我住过的还算条件稍好些的，虽然房檐和墙之间四面透风，但毕竟有床和被褥，而且能洗澡、洗衣服。据说条件不好的，只能在柴棚子里凑合住了，床就别想了，有被子盖就不错了，而且被子脏的几乎看不出原来的颜色。

所以，如果你只是去玩耍两天，半旅游半开眼界，就按照农家乐三日游的标准带行囊好了，反正新鲜劲还没过你就已经往回走了。如果准备长期待在山上做茶，那么以下几个方面必须要认真准备了。

茶寻 上云南茶山，都应该随身带些啥？

首先,要租一辆车。

要去的茶区很多,有的寨子和寨子间比较远,甚至跨地区,最关键的还要带着行李茶具等,往来各个寨子考察、运送叶子或做好的茶,所以没有车简直太不方便了。自己开车去当然最好,有当地人接送更好,否则可租一辆越野车或者SUV,跑山路它们最适合了,但车型别太宽大,因为山路狭窄,车大了开起来实在不灵便。去年我们租的那辆SUV,遇到路窄时,经常是半个轮子甚至一个轮子悬在山路外。当然在山里开车要十分小心,路况复杂,一个不留神就可能车翻人伤。

其次,要穿戴户外衣服、鞋帽等,最好再带一套以备更换。

进了茶山几乎每天都在荒郊野外,一身专业的户外服饰还是很有必要的。鞋要穿那种登山鞋,或者比较耐脏的,茶园很多都在山上,山路特别不好走,而且常常尘土飞扬,有时还可能赶上下雨天。当地很多人都习惯穿着拖鞋,如果你觉得自己穿拖鞋足够结实和灵便,也没啥不可以。

再次,要尽量带够换洗的衣服,尤其是内衣、袜子。

预估好自己在茶区待的时间,以一两天一换的频率预备,当然如果你比较勤快,能够换下来后自己洗,那么少带几套也就够用了。或者你打算到了当地后,去商场买两套穿这样也可以,当然想要挑选那么合适的可能不一定容易,不过反正是去做茶,又不是相亲,也无所谓了。

再其次,要带一些晕车药和防晒霜。

我刚到茶区那两天真的有些不适应,主要是一天大半时间都在车上,常常晕车晕得难受,不过后来才慢慢好些了,但有同伴还是每次出去都晕。所以如果你是容易晕车的人,最好带着晕车药,否则可能哪也去不了了。每天在茶园

里转,云南高海拔的山区,太阳很毒辣,时间长了容易被晒黑晒伤,所以准备些防晒霜很有必要。

如果有洁癖,那建议最好带着帐篷或者睡袋。

茶农家的条件有的很不好,如果你觉得寝食难安,还是自带住宿装备吧。那种出门一定要住三星级以上宾馆的,或者很有洁癖的姑娘们,在茶区估计能忍住两三天不走,就算是奇迹了。否则到了茶农家,用不上半天就得逃走吧。

还有,最好随身带一个水杯,以及一些小零食。

渴了要喝水,茶农家未必有一次性纸杯,带的饮料可能路上不够喝。如果你担心农家的碗筷不干净,那最好是自带餐具了。去年同行的伙伴有位是回民,不仅自己带着碗筷,而且还有一口锅及豆油。每顿饭我们吃茶农家的,而他都是自己做着吃。

此外,最好要了解些当地的风俗习惯,免得犯了禁忌,引发不必要的矛盾,因为很多茶山都位于少数民族地区,去之前最好找熟悉当地的人咨询下,以备万一。否则茶没做成,人被扣下了,该有多麻烦!

茶话

和一杯茶邂逅

是谁,撑一把油纸伞,穿过多情的雨季,寻觅江南繁华的旧梦;是谁,品一盏清茶,倚栏静静远眺,等待那朵寂寞的莲开……

一杯龙井间,不负江南春

是谁,撑一把油纸伞,穿过多情的雨季,寻觅江南繁华的旧梦;是谁,品一盏清茶,倚栏静静远眺,等待那朵寂寞的莲开……

杭州,这座被风雨浸润千年的古城,像位散着丁香、结着愁怨的女子,生长着无尽的诗意与闲情。无数帝王将相、文人骚客为她吟诵过赞歌。乾隆六下江南,每到杭州必尝一杯当年的明前龙井,并为其写下"火前嫩,火后老,唯有骑火品最好"的诗句,足以看出这一方灵山秀水的魅力。为寻觅那一杯散着幽然暗香的龙井,阳春三月间,杭州最美时,我便闻香而来。

三月的江南,如诗文描写的那般,新翠隐隐,雨雾迷蒙,美得不可方物。行走在西湖边,这里的每道高墙,每块青砖,仿佛都见证过那个陌上花开、可缓缓归矣的钱王的深情,梦回明月生春浦与苏小小的繁华似梦,流光易逝的一世才情,多少回灯花挑尽不成眠,多少次高楼望断人不见,那无处可寄的魂魄,已完完全全融进西湖的碧波里。那个大江东去浪淘尽郁郁不得志的苏轼,终其一生梅妻鹤子的林和靖,湖畔寒雪中对雪子说出爱是慈悲转身离去的弘一法师,等等,西湖边留下文人墨客的诸多爱恨故事,那些个寻风钓月,踪迹白云的雅客,梦里,或许依然留恋着这抹不去,老不尽的江南。如今留下的,却是柳浪闻莺,芳草萋萋。

曲院风荷往前渡几步,就能望见远处的断桥横落在湖与岸之间。流转的回风,如同穿越千年的时光,那把遗落断桥的绢伞,那个被悠悠岁月洗濯了千年的传说,清晰而玲珑地舒展在西湖的秀山明水中。

杭州的美不仅仅只是西湖的那一汪碧波,最让我喜爱的当数灵隐天竺一带,禅院林立,山峦叠翠。更因为这里曾经出过香林宝云贡茶,也是龙井茶最早的发源地,而大名鼎鼎的龙井茶,最早就是僧人种植的,追溯起来,那还是宋朝的事儿。北宋元丰二年(1079年),诗僧辩才做了龙井古寺的当家和尚,因为好茶,就叫僧人在寺后的狮子峰顶辟茶园,供寺僧自用。孰料,品过之后却发觉这是茗中上品，惹得苏东坡、秦少游、米芾这帮文人，没事就往寺里跑，去讨杯水喝，这水不简单，就是现在的茶中极品狮峰龙井。明代高濂的《遵生八笺》里曾有记述："山中仅一两家，妙法甚精，近有山僧焙者，亦妙，但出龙井者方妙，而龙井之山，不过十数亩……"可见正宗的狮峰龙井自古就不多得。

我曾打听着去找过这龙井古寺，早没了香火，也散了僧侣，历史的洪流，带走的可以是王朝更替，城邦兴衰，但带不走的是这样一方孕育出好茶的厚土。

一壶风月兰草香

说起西湖边上的自助茶宴,那些琳琅满目的精装龙井,都让我望而却步。我是不喜欢热闹喧嚣的茶客。茶,是需要安静品味的。杭州的朋友知我爱茶,便邀我去天竺喝茶,约在大学同学工作的茶舍见面。

南朝四百八十寺,多少楼台烟雨中。行过灵隐的咫尺西天,踏入窄窄的天竺路,小径幽深,苍翠的古木早已把天空遮蔽得只剩斑驳的光点打在小路石板上,路边小店飘出悦耳梵音,透过一人多高的落地窗能看到三两闲僧雅客,端坐于茶铺之中品道论茶,安然自得。

这一带种植的大多是龙井43号茶树种,龙井43号是20世纪80年代才研发的新品种,相对于龙井43号,很多老茶客还是推崇龙井群体种的口味,它生长周期比43号更长,上市时间也要晚一些,但更有古味,所以有明前茶贵如金的说法。

围绕这寺院的茶园里已有不少农家在采茶，我本想上前去和茶农聊聊，走近时却因她如行云流水的飘逸的采茶动作而惊叹不已。只见她采茶时，一手前，一手后，好似公鸡啄米，精准有序，一芽两叶，芽长于叶，并不是乱采一气，要有着绣花般的细致和耐心，如美玉雕琢，千斤之力在于胸的功力。我试着采了一把，和茶农的一比，高下立判，我羞怯得快步走开，罢了、罢了……

　　一路来到天竺，远远看到老胡已经在路口等我们了，老胡并不老，是我的大学同班同学，毕业后我北上了，他南下到了杭州，大家平时联系挺多很熟络，老胡目前在天竺路一家素食和茶馆兼营的店负责茶馆。迎门进去，拐角上二楼就是茶室，整个空间被他布置得清静淡雅，从茶室窗口看出去就是大片的茶园，让人心神安宁。他拿出当年的龙井，泡了三杯，细细品来，都好，散出的是原汁原味的茶香。这样的晴日小坐，是我喜欢的，与二三好友，聊点彼此的生活琐事，安安静静喝一杯茶，便不负这春光。

　　正宗的狮峰龙井，由于量远远低于求，所以很少有机会喝得到，为数不多喝到的几次却是印象深刻，若是再配以虎跑泉水，那就是杭州双绝了。茶味含天地精华，这一方水土都被那叶片包容。若要寻回曾经的故旧，一杯茶，就是最好的引子。

　　清代文人陆次云曾道："饮龙井茶，觉有一种太和之气，弥留于齿颊之间，此无味之味，乃至味也。"正宗狮峰龙井的滋味，感觉真是如此。

　　沧海桑田，岁月交替。光阴带走了王朝带走了阡陌骚客，自己留下现在的土地和山川。那茶杯里的茶不知还是不是那时的味道，那喝茶的人不知有没有那时的爱恨与别离。这些早已不重要，重要的是好好品饮当下的这杯茶，山川和土地，风月和兰草，全在其中。

径山茶里的万古长空

　　杭州除了龙井，径山寺的径山茶，也是声名在外。既然来了又怎可错过，邀约二三好友，便驱车前往。径山的路可不像灵隐那么好走，一路沿着山路盘旋而上，竟然有种在老家云南的感觉，让人心生亲切。

　　径山寺与日本茶道有着密不可分的渊源，茶在寺院的流行，随后演变出天下闻名的佛茶，宋朝的径山茶宴就是最著名的一例。13世纪，入宋求法的日本僧人圆尔辩圆和南浦昭明，把径山茶宴全盘搬到日本，后来流派众多的日本茶道，就是从径山茶宴里演化出来的。这套中国已经失传的茶宴，在日本的茶道中还能寻到它的一丝身影。如今径山茶宴也已烟消云散，早已淡出僧人的生活，成为书中的记忆，但径山寺不仅是日本临济宗祖庭，也是日本茶道之源。直到如今，每年还有日本的僧众到径山朝拜。

　　一路行至御碑亭，石碑上有宋孝宗御书"径山兴圣万寿禅寺"八个正楷大字。寺庙前，有一株高大的银杏树，古树千年割昏晓，一分为二堪称奇。

绕过九龙壁,见大门两侧院墙上有"唐代古刹"四个大字,走近细察,也为俞德明所书。大殿里传出敲钵声袅袅,我悄悄地入内、站定,默默地注视着僧众们诵经、做功课,安静肃穆,浑然忘我。

沉默让我学到佛陀的一个词语——默摒。那些深沉的吟诵,令时空静默,让人忘记来路。寺院内台阶下,走过来一群沙弥,他们已做完功课回来了。

寺院里有专门供香客喝茶的一间茶室,我们走进去,一位笑声爽朗的师父给我们沏了几杯径山茶,明艳翠绿的茶汤,口感清醇回甘,茶壶很大,倒水时眼光一巡,所有的人就都关切到了。师父告诉我们,茶性的苦涩使茶成为世间千百种饮料中最为独特的一种,饮茶的苦后回甘与佛家核心教义"四谛"之首的"苦谛"互为印证。苦海无边,修习佛法正是求得苦尽甘来,回头是岸,而品茗则可以产生与禅内在真谛相通的联想,帮助修习佛法的僧人品味人生,参破"苦谛",于是禅者的那杯茶,成为舌尖上的禅。寥寥数语便道出僧人与茶的深缘。

我嗜茶,无茶不以为饮。无论饭前与酒后,无论晨起夜深时,杯茶入口,神思飞越,似清泉行于山涧,香浮满室醉还醒。茶者,天地润泽之灵物,非精

行俭德之人无以尝其至真之味。茶为道，心有径。禅意在明心见性，饮茶而静思，茶人方能于茶的"一朝风月"里，悟出禅的"万古长空"。

喝茶时的时光总是快得让人意外，转眼天便暗了下去，告别师父后与朋友约定下次进山时带好茶一起分享并借客房留宿。想想，在钟声梵音中，夜观星空，参悟斗转星移与朗月清风，也是很享受的事儿。世界末日是不存在的，但心若死了，看破尘世纷争，天地又何所惊。嗯，径山吃茶去。我学习佛法比较慢，但愿意一点点学到善，愿这善，能带来喜乐，淬炼出如径山茶一样沁心的芬芳。

中国茶，最初由僧人发扬光大，远渡重洋，到了日本，开拓出一条海上茶叶之路。尤其是东传日本，造就了"和敬清寂"的日本茶道，深深影响了日本文化，最近几年，日本茶道又反过来影响中国茶文化，在影响日本千年之后，茶道又开始重新寻找它曾经丢失过的中国气质。

今天，我们重新对茶有了依赖，而在茶人眼中，真正的好茶，从来都是平凡的生活中洗涤心灵，使人明心见性的清泉。单纯地喝杯茶，想或不想，存在或不存在，心灵的神思中，或许，会有茶花怒放的一瞬。

《华严经》里有句偈语："不忘初心，方得始终。"前行路上，愿我们都不忘初心，得清凉门。

绿海明珠，一片树叶承载的信仰

关于普洱，有诗云：雾锁千树茶，云开万壑葱，香飘十里外，味酽一杯中。普洱的涩味让我着迷，后来我知道，涩味实在是路人的说法，寻着酽，我开始了一段和一座城市、一片茶叶的奇妙缘分……

我的大学生涯在这座城市度过，这里是茶的故乡，自然少不了茶，遍布大街小巷的茶馆是它的名片，给这座城市带来无穷的魅力。校园里也有几块小茶园，学生时代，对茶的了解不多，初到时颇感诧异，这里怎么会有那么多茶馆，当地的人们对茶好像有着近乎信仰般的痴迷，茶已经成为他们生活中不可或缺的一部分。

犹记得老师向我们介绍普洱时说："普洱与茶宛若孪生，普洱因茶而兴，茶因普洱而名扬。它是天地自然对这一方世民的恩泽赐予。曾经的马帮，在茶马古道上一路挥鞭，一路吆喝，面对风霜雨雪，高山大河，野兽毒虫，土匪强盗，他们不曾退缩过，因为茶是普洱的根，茶是普洱的魂，一代又一代的用双脚丈量大地的赶马人，将茶叶带向外面的世界，以茶为媒，向世人展现普洱的魅力和普洱人的价值追求，它不仅仅只是一种饮品，更是普洱的精神图腾……"每每想起那些在普洱的旧时光，心底总会升起对这一方土地的敬意。

每年春茶上市，是我最爱的季节，晚自习后邀几个好友去学校附近的公园走走，走累了便寻一家茶馆喝口茶，这里的茶馆老板和其他地方不一样，大都朴实热情，更加好客，大家聊得投机了，便会把自己珍藏的好茶拿出来分享，若是喝茶喝得晚了，更有甚者，会一把拉上你去露天市场来一顿烧烤做夜宵，夜市里那种熙熙攘攘满街是人的景象，弥漫着温暖的市井烟火气息，让人心生亲切。你如果要走那可不答应，可爱得不行。

花姐便是我在普洱认识最早的开茶馆的朋友，年纪比我稍长几岁，是大我两届的学姐，天生娃娃脸，看上去比我还要小，毕业后留在了普洱，和几个朋友经营一家小茶馆。别看她娇小可爱，办起事却是雷厉风行，什么样的客人都能被照顾到，遇到像我这样的学生也依然热情款待，还会推荐性价比较好的茶给我，相处起来不会让你觉得尴尬，彼此都很舒服。茶馆不大，但却因为她的真诚和勤勉而时常宾客如织。

一个女孩子敢独自开辆越野车上茶山做茶，几天几夜吃住在山上，颇有些女侠的豪气，在当时的我看来，她简直就是女版的超人啊！导致我又羡慕又敬佩，还常常开玩笑说：我要是有个你这么能干的姐姐该多好！

一次她拿出一泡茶，不说是哪里的，让我先喝喝看，猜一猜。第一泡出来便满室生香，独特的兰花香，香气持久，回甘延绵，几乎感觉不到苦涩，我立刻被迷住了，从未遇到过这样的茶。我缠着她问，最后才告诉我是景迈山的春茶。我心想，这茶太独特了，什么样的地方才能长出这样的茶？一定要去景迈山看看！

一转眼毕业，同窗各自散落天涯。去景迈山的愿望也因种种而搁浅，而那些个温暖的小茶馆却成为青涩年华里一道明亮的光，一颗埋下去的种子。

北纬30°，茶香氤氲中的千年奇迹

两年前，再次回到普洱，心底燃起了去一趟景迈山的小火苗，就像赴一场老朋友的约，了却曾经那个青涩小女生的小心愿。

挑了个好天气，一个人朝着景迈山进发，一路兴奋和期待，三四个小时山路也不觉辛苦，看着茶山一点点出现，心里有种莫名的复杂感。车拐过一个弯，千年万亩古茶林与美丽的村庄交相呼应，一眼望不尽的莽莽茶林像位遗世独立的佳人静静等着我……树影斑驳，枝影摇曳，我来了。群山缄默不语，树荫温柔地拂过我的头顶，风吹起，一切辛苦遭遇都变得不重要了。站在风里，面对一棵棵上百年甚至千年的茶树，我委屈得像个孩子。唯有此时此地，心在呐喊，像是回应一声遥远的呼唤，就像多年未见的老朋友，它等着你起身，等着你的笑容重新浮现在不再青涩的面孔上，它对无数个消逝的日日夜夜不曾在意，它在等着你，无数个离别的日子仿佛只是昨天黄昏的一次道别。

出神的间隙，有位老奶奶走过来问："小姑娘，你一个人在这儿做什么喂？""奶奶，我是来圆我的一个小心愿的。""这样啊，今天刚好是我们布朗族祭茶祖的日子，你要不要跟我一起去啊？""太好了，我要去！"像是冥冥中的缘分，它知道我来了。

老奶奶皮肤黝黑，牙齿稀疏，如雪的头发梳得一丝不苟，穿着鲜艳的民族服装，走起山路来比我利索多了。路上我问老奶奶关于祭茶祖的来由，她不紧不慢地说："这个啊，是我们布朗族的先祖帕岩冷，很久很久以前带领部族把这里的山岭变成了望不到边的茶园，他在死的时候，对子孙们说，我要给你们留下牛马，怕遭灾害死光，我要给你们留下金银财宝，你们也会吃光用完，就给你们留下茶树吧，让子孙后代取之不尽，用之不竭，你们一定要像爱护眼睛那样爱护茶树……"

穿过一片古茶园，就来到了祭茶祖的地方，一棵历经千年风雨依然矗立的茶王树像神一样俯瞰着众生，布朗族一位精神矍铄的老者带领着大家向茶祖祷

告并顶礼膜拜，祈求茶祖保佑族人幸福吉祥，代代相传。每个人都肃穆虔诚，人与茶树间，仿佛有一种达成千年信任的默契，令人动容。

祭完茶祖，妇女们背起小竹篓开始采摘当年的春茶，告别老奶奶，我随着几位大姐一起去采茶。"今年的雨水好，茶树的长势也不错，能换个好价钱！"边采茶，大姐边自顾自地说，一脸喜悦。我问大姐，除了茶叶家里还有没有其他的收入，大姐有些喜忧参半地说："姑娘啊，我们住在山里的人，除了茶树其实没有更多可以创收的东西，在茶山上，大部分都是靠茶吃饭，茶叶有了市场，茶农的收入就多一点，孩子可以去读书，新房子也能盖起来，做茶能让更多的人关注茶，大家喜欢茶，茶农的茶会好卖一些，我们的日子也会好过……"话很朴素，听起来却是微微的心酸和感动。

筐中的茶叶已满，大姐邀我去她家喝杯烤茶解解乏，我早就口干舌燥，欣然前往。土陶罐烤干，放入手工制作的散茶，用火塘边的炭火加温，上下翻动，烤透茶叶的水分，待茶叶烤得焦香阵阵，添入沸水后继续保持高温，如此调出的茶汤，入口甘洌苦涩，两颊生津，舌尖被古茶深处最原始的气息包围，这便是烤茶的滋味。

在这里，人们喝茶，是炽烈而随性的，在我看来，对于他们来说，喝茶更像是一种追本溯源的古老仪式；在这里，茶不再是文人雅士间的诗词吟唱，它是朴实茶农生活里必不可少的一道汤。是的，我更愿意称它为一道汤而不是一碗茶，因为少了这道汤，茶农的生活便不再完整。

温暖的炭火旁，大姐把萎凋杀青好的散茶在竹篾里揉捻，看似简单的动作，实则蕴含了万千机变，需要制茶人和茶高度融合，只有真正的茶人，才能用最细腻的方式将这种理解表达出来，她粗糙开裂的掌纹间复刻着三百年的沧桑历史，一掌一压间，仿佛是人们对厚积薄发的人生求索。

走出小屋，一身清凉。夜风吹拂长草，摇曳得如泣如诉，仰头望去，星光满天，让人觉得整个星空都摇摇欲坠，草丛里的无名小虫窸窸窣窣地讲着悄悄话，让人怀念故人已远，让人期待长路漫漫。

我喜欢这样的边地，风雨暴烈，大山大水，山民有如澜沧江般清澈的眼神，善恶分明，迎拒都很直接。偶尔，在林中遇到樵夫，斧头磨得雪亮，腰上别一壶烈酒，或者是牧羊的老者，披着羊皮蓑衣，踞在石头上，叼一杆草烟，如一尊雕塑，与山林同一表情。唱山歌的男女，隔着山谷，几句嘹亮的呼喊，不用见面，滚烫的思念就烧红了满岭的杜鹃。

几经沧海桑田，凝结成远古的初相，它从古树上落下，化为民族的信仰，小火淬炼时间的技法，让它愈久弥香。茶文化消解了所有边界，因为这里的人们将茶视作生命的源泉和力量，这些千年的古木，见证着。

生活似茶，品新茶，是生活的轮转，品无味，是生命恒久如一的圆润，无人陪伴的时候，有一壶好茶，也是一件幸事。

炭火间的温度，茶叶里的乾坤

北京迎来今年的第一场大雪，气温陡然一变到了零下，出门一趟满目皆白，肃穆宁静。人们纷纷套上棉衣绒裤，真正的冬天结结实实落下来。

在这样流风飞雪的冬夜，泡一壶武夷岩茶，看着琥珀色的茶汤，心中便升起了暖意。悬壶高冲里，冲天而起的茶香，有炭火的味道。有这样一壶岩茶，似乎置身于一炉火红的炭火边，攥一只紫砂小深杯，几口岩茶入喉，从手到心已是暖意融融。冬天饮岩茶，最宜用紫砂壶，如今大多人用盖碗杯只是图个方便罢了。泡岩茶少了紫砂壶就如演奏《二泉映月》少了二胡一般。岩茶有着与紫砂壶一样朴拙的颜色，当它们拥抱并相融在一起的时候，难分彼此，这是一种知音似的相遇。

这来自武夷山的岩茶粗看外表并不讨喜，黝黑粗糙，却胜在内质的丰厚。那些茶树几百年来就生在云雾乱石之间，一身的不屈傲骨，仿佛古时的一位隐士，它才不在乎凡人的世俗红尘，孤傲一生也自得其乐。

在武夷山各种品类繁多的岩茶里，最有名的应该算是大红袍了，而大红袍的由来多是那个耳熟能详的传说：进京赶考的书生中途病倒被好心人搭救，喝一壶茶治好了病，中了状元回来报恩。有趣的是，最早那棵茶树并不叫那个名字，它长在一个道观前，当地人都叫它"洞宾茶"，只不过知道的人不多，有人就猜测说可能是吕洞宾风流，江湖上名声不佳，以至于连累了这个茶，接着有人就附会出"大红袍"的典故，为的是洁净茶事，让名声远传。

中国文人讲究"字如其人，名如其人"。名字表达着人们内心的善良、清俭、风骨等美德，可见一个好名字也可以成就一片茶叶遇到知己。

事实上要寻得一杯好岩茶并非易事，因为岩茶制作中"焙火"这道工序太难把控。焙灶里升起炭火，上铺一层细灶灰，细竹编的茶筐置于之上烘焙，火大了茶叶一会儿就煳，火小了又会残留茶青味，茶叶容易返青，手工操作，只能靠制茶师傅的经验来把控其焙火程度，非常考验制茶师傅的能力，经验丰富的老师傅每年只做有限的量，如此要有幸得一泡好岩茶着实不易，若有缘遇到，定要倍加珍惜，错过了就是错过了，于爱茶人来说，错过一泡好茶的遗憾就好比错过一个好姑娘。

最爱的还是老肉桂，那是岁月的厚爱，积蕴了太多的风霜雨雪、日月精华。老肉桂浑厚绵长，一入口便觉香醇甘甜游走舌尖，那种绵厚雄浑的陈香，一波高过一波。它积蓄了炭火的温暖，一杯饮入，甘醇鲜滑在喉舌间漫开，生津回甘，意味深长。它不似铁观音以及其他的乌龙茶，它吸附了火山砾岩红砂岩的积淀，它的香留存在口齿间，久久挥散不去，那该是凝重的岩韵了，唐风宋韵蕴藏其间。

裹着一身的和煦，眼前这一壶"炉火"仿佛带着我已经飞越寒冷的冬天，朝着柳绿花暖而去。

懂过

  立秋已过，北京的天还是不见凉，燥热如常，傍晚时偶尔会有一场急雨，这时若有空，冲一杯茶给自己，不急着喝，翻几页书，等它慢慢凉些了，喝上一大口，绵长的回甘会一点一点化去躁动，让人平静下来。

  平常多饮白水与茶，这么多种类繁多的茶我又钟爱普洱。"七夕"将近，从茶柜翻出半片"懂过"，也算是应景。如今各种西方节日让国人、商家都忘情投入其中，你方唱罢我方登场，无比热闹的背后，还记得自己传统节日的已不多见。我是个不喜欢赶热闹的人，更喜欢一个人独处的时间。

  这个茶，对我来说是个"美丽的误会"。多年前第一次看到这个茶叶时，还不知其来历，只看到这个名字时便感叹这得是多有才气的人取出来的名字，一切都刚刚好，一个标点符号都多余，这意蕴背后一定还有段痴绝婉转的故事。后来接触到更多的茶人，行走过诸多茶区，方知这是临沧茶区一个寨子的名字，普普通通，没有什么传奇，更没有动人的爱情故事，但一点都不妨碍我对它的喜爱，要是当时知道这只是个地名的话，恐怕也不会有那么美好的想象和欢喜了，想想，有时候无知也有无知的魅力啊，什么都知晓什么都懂的人生大概也很无趣吧，哈哈。

  七夕定为中国的"情人节"，许是因白居易的"七月七日长生殿，半夜无人私语时。在天愿做比翼鸟，在地愿为连理枝"。人有七窍，七情，七是女子生理基数。七也是生命基数。断粮七天要死，人死后七天为"头七"。七夕，也是魁星文昌君的生日，魁星是北斗七星中的"天枢"，荒荒坤轴，悠悠天枢，天枢限南北，主文章昌盛，文人们因此才在其日躁动难安。汉代《古诗十九首》中描写七夕的诗最是耐读："迢迢牵牛星，皎皎河汉女。纤纤擢素手，札札弄机杼。终日不成章，泣涕零如雨。河汉清且浅，相去复几许。盈盈一水间，脉脉不得语。"穷尽了虚实相间的饱满委婉，情字当头，欲说还休。

  古人的多情我们只能靠流传的诗文去揣摩，美好但遥远，触不可及，我更

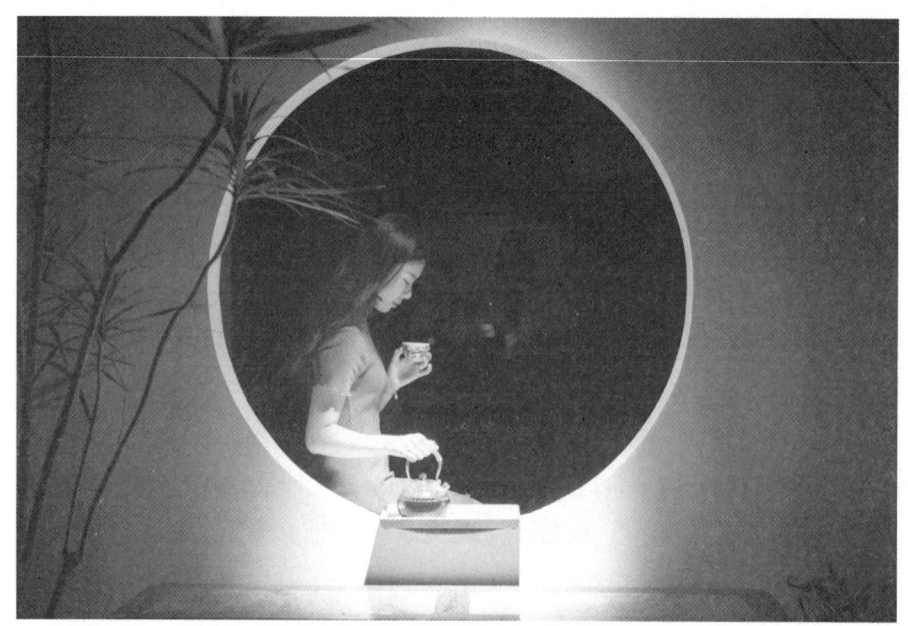

在意的是当下的人们怎么去看待爱情。南斯拉夫的当代行为艺术家玛瑞纳·阿拉莫维奇被称为"行为艺术之母",早在20世纪80年代就到过中国,在中国北京长城做过一场著名的行为艺术叫《情人·长城》。她和当时的德国男友乌莱,两个人漫步中国长城,一个从东边出发,一个从西边出发,最后在中点会合,历经三个多月,可当他们相逢时,他们的感情却走到了终点……就像一部浪漫凄美的爱情电影,令人唏嘘。

多年以后她在纽约现代艺术博物馆又做了一次更加轰动的行为艺术,一张桌子,两把木椅,她就静静地坐在那里,任何人都可以坐过去,彼此对视三分钟,不能交谈。736个小时,1500多个陌生人和她相看无言,有人说从她眼里看到了自己,有人哭,有人笑,有人坐立不安,而她始终平静如水,没有一丝情绪流露,直到她曾经的情侣,分手后20多年未曾相见的乌莱的出现,才让她流下了眼泪,两个老去的情人,相逢无语。只需凝视,无须解释。大音希声,震耳欲聋,那个瞬间,隔离在他们中间的,是一张桌子,两把椅子,和22年的时光,在场的人无不为之动容。彼此"懂过",假若他日重逢,我将何以和你,以沉默,以眼泪。

所以每当我喝"懂过"这种茶的时候,我都分外安静,好像喝的不仅是一杯茶,更是一段爱恨两难的往事,正如它苦底重,香气高扬,回甘却快而绵久的特质一样。只有动过一番真情,才有勇气在伤疤愈合后平静相对,于是,回忆跳入茶仓,任由岁月酝酿。

附注:

懂过位于勐库茶山的西半山,海拔1750米,森林覆盖指数高,自然条件得天独厚。勐库大叶种相传是距今300多年前由西双版纳引进至勐库后变种。懂过的古树茶叶形略小,是否由勐库大雪山野生茶变种而成,有待考证。

生长形态和茶种:云南大叶种野生茶。

特色:此茶香高味浓,苦底较重,回甘快而持久,甘甜协调不若冰岛、坝糯,而质量气强则过之。在勐库大叶茶中,风格自成一派。

茶荟

最好的那一"茗"

茶其实会说话的,用它们的外形与内在的每一个细节,告诉你它们到底是什么样子,当然你要想能听懂它们在说什么,不仅仅要依靠你的眼鼻口舌,更要用你的内心。当你沉下心来,茶语就会慢慢细细道来。

斗茶，从茗战到赛茶

斗茶，兴起于唐，盛行于宋，唐期间谓之为"茗战"，到了宋朝时开始称为斗茶，是古时有钱有闲文化的一种"雅玩"。

古时斗茶，以二人或多人共斗；茶品以"新"为贵，用水以"活"为上；胜负决定的标准，一是看汤色，二是看汤花。汤色即茶水的颜色，"茶色贵白"，"以青白胜黄白"。汤花指汤面泛起的泡沫，决定胜负有两项标准，一是汤花的色泽，汤花色泽与汤色密切相关，因此汤花的色泽也以白为上；二是汤花泛起后水痕出现的早晚，早者为负，晚者为胜。斗茶先斗色，而茶色贵白，因而蔡襄在其《茶录》一书中写道："茶色白，宜黑盏……"

如今随着时代变迁，制茶、饮茶方式发生了很大变化，斗茶也在延续、发展过程中，逐渐演变成为国内各产茶区中，或者相关机构、协会举办的名茶评比赛事活动，如北京茶业企业商会举办的"马连道全国斗茶文化节"，便是业内的斗茶赛事之一。

我们平时去店铺买茶，从进门的一瞬间，各种信息扑面而来。店家会从各

个方面介绍每款茶如何，产地、环境、年头、树龄、工艺以及各种故事。所以你面对的这款茶，就如同一个浓妆艳抹、穿戴了各种服饰的姑娘，当然，美与不美、喜不喜欢，全凭你自己拨开层层迷雾去分析判断了。

而斗茶评审的过程从头到尾都是盲评，茶样的包装除了茶类和编号外，没有其他任何信息。同一类参赛茶譬如红茶的取样，相同的克数按序号被分别放入相同规格容量的评审杯中，进行冲泡、品鉴，水温、冲泡、出汤时间等都是统一的，评委要从茶的外形到内在，条索、香气、汤色、滋味、叶底等，逐个项目品评打分，并根据占比计算结果评选出优劣名次，最终确定谁是茶里王中王。没有了外界各种信息的干扰、主导，结果的公正性就有了保障。

与平时的泡茶方式不同，斗茶的专业品评是通过100℃开水3~5分钟的闷泡，把茶的优劣都浸泡出来，然后再去综合评判。按照平时泡茶喝和口感来说，这种方式泡出来的茶是非常不好喝的。所以如果还按照以往品饮的方式去评判，就难免有失偏颇了。但是有一点可以肯定的是，好茶真的不怕泡，而且在如此严苛的冲泡方式下，更能展现其优秀品质。

茶其实会说话的，用它们的外形与内在的每一个细节，告诉你它们到底是什么样子，当然你要想能听懂它们在说什么，不仅仅要依靠你的眼鼻口舌，更要用你的内心。当你沉下心来，茶语就会慢慢细细道来。茶不会骗人，骗你的是你自己。

精英荟萃马连道,"茗"争暗斗茶中王

斗茶,在优秀中评选出优异

作为业内较具影响力的斗茶赛事之一的"马连道全国斗茶文化节",已经成功举办了两届,第三届升级为全国范围参选。本届比较具有特色的一个亮点,就是在评选过程中,不仅仅请来了五位国家级的茶界权威专家,品评出茶中之王,而且还首次通过网络海选了六位茶爱好者作为大众评委,参与品评并选出大众认为最好的茶中茶。同时此次斗茶大赛,茶友和茶商可以现场观摩、交流评审过程的每个环节。

本届参赛茶依然为白茶、红茶、铁观音和大红袍,虽然行业因国内经济环境影响,参赛茶企选送的茶样数量较上届有所减少,但是总体质量水准并不逊于此前。而各茶类的茶样数量,也反映了目前市场的普遍状况。今年的红茶选样略有增加,说明红茶消费在逐渐升温;铁观音稍有减少,而且不像上届是清

一色的清香型，增加了浓香型类别，看得出大众的口味已在转变；而白茶虽然这两年被炒得火爆产量攀升，但是质量上却并没有随之提升，或者可以说为了追求数量，而导致了质量下降。

几种茶的评选结果出来后，白茶、铁观音和大红袍三类茶，专家与大众评委间评审意见除茶王外几乎相同，金奖茶得到了一致认可，但大家对红茶的喜好却大相径庭。专家评委认为最好的茶样，被大众评委前两轮就淘汰了，大众评委最喜好的红茶，专家们第一轮就让它出了局。

也许大众评委们喜欢的茶，可以代表一种普遍的市场认可度吧，毕竟喝茶的时候不会像专家评茶那样，去衡量比较它们的综合分数，很可能第一感觉就决定了喜好与否。所以现场有几位茶商说他们更愿意跟大众评委交流，了解大众喜欢的口感喜好，然后以此为参照做茶。其实这也是斗茶大赛主办方引入大众评委的一个宗旨，让好茶的评选有高度的同时也更接地气。

茶会说话，需要用心去倾听

从一百多个茶样里，选出每种茶最好的那个，真不是一个轻松的过程。第一天下来结束了初赛品评，感觉到腰酸腿疼，不过心情却特别愉悦，因为经过一道道的程序，用自己的眼鼻口舌，在众多送来斗茶的优秀茶样里，品评出了那些更加优异的进入复赛。

与我们平时喝茶完全不同，评茶的过程从头到尾都是盲选，茶样的包装除了茶类和编号，没有其他任何信息。清一色的白瓷审评杯，客观地映衬出茶汤及叶底的色泽，让我们去观察判断。

评委要从茶的外形到内在，条索、香气、汤色、滋味、叶底等，逐个项目品评打分，在几十款茶样中，评选出优劣。有时遇到比较接近的茶样，几位评委还要分别再品审一遍甚至几遍，来确定究竟哪个更胜一筹。决赛的时候，原本出汤一次的红茶，我们品了三道，只为让结果更加客观公正。

而我们平时去买茶，从进到一家茶店的一瞬间，各种信息就已扑面而来，从茶店的环境到茶的外包装，尤其是店家会在各个方面介绍这款茶如何，各种

的说辞和故事。所以你所面对的这款茶，全凭自己去分析判断了，能否洗尽铅华，看穿它是否真的天生丽质，功夫不是三年五载就能轻易练就的。

但茶其实是会说话的，用它们的外形与内在的每一个细节，告诉你它们到底是什么样子，当然你要想能听懂它们在说什么，不仅仅要依靠你的眼鼻口舌，更需要用你的内心。当你凝神静气，茶语就会慢慢细细道来。

茶文化普及，还有很长的路要走

当一款金灿灿条索的红茶，置入评茶盘的时候，周围观赏的很多茶友，立刻被吸引过来，有人还询问专家评委说这是金骏眉吧？专家们耐心解释道这不是金骏眉，真正的金骏眉条索与色泽应该是什么样子，这次斗茶没有金骏眉类别茶样来参赛。

此次红茶茶样数量增加，侧面显示了红茶市场的升温，当然论其中的推动应属金骏眉功拔头筹。虽然金骏眉名声很大，但是真正见过金骏眉这款茶，或者说喝过真正金骏眉的人少之又少，因而在绝大多数人的意向里，金灿灿条索的红茶一定就是金骏眉了。所以茶友们产生错误的认识在所难免，也算情理之中。

专家评委在斗茶座谈交流会上，特别讲解了金骏眉对于红茶制作工艺上的创新，其意义与影响不亚于对市场的推动作用。而今茶叶消费市场每年都有变化，人们喝茶时对茶的口感等方面的偏好，也发生着一些转变，譬如金骏眉这种独特的鲜爽滋味，让品饮者尤其钟爱。所以茶企需要不断去尝试创新，满足甚至引领市场消费的需求。

这次斗茶过程中，除了品评选茶，专家们还要不断解答茶友们提出的各种问题和疑惑，其中收获最大的可以说是我们大众评委。当然有的问题很初级，可是专家评委依然给予耐心的解答，一点儿也没有专家的架子。

三天中很多茶友咨询专家的问题，以及我们大众评委间的讨论，都让我感受到，虽然我们的茶行业在复兴，茶文化正逐渐升温，但是对于茶的基础知识与文化的普及方面，做的不仅远远不够，而且有的茶企为了推广自己的茶品，故意进行一些炒作甚至误导。

诸如茶企宣称他们的茶拥有各种保健功效，甚至可以治疗一些重大疾病，把所有茶都具备的裨益全揽在一己之身，把本来尚属于科学实验测试阶段的数据，当作实际可操作的效果进行宣传。

有的茶企在产品传播过程中，过于强调茶的年份、地域、增值等特性，或者以文化为幌子故弄玄虚，哄炒茶叶的价格，让很多想喝茶的大众望而生畏，背离了茶文化传承的宗旨和目的。当然在我们茶产业和文化发展初期，这种现象的存在在所难免，也说明茶业复兴现在要走的路还很长。

所以希望马连道斗茶大赛，能够越做越大，像承办方组委会规划的那样，逐渐增加参赛茶的种类，扩大参与者的范围，成为茶知识、茶文化以及茶品牌普及推广和传播，促进国内茶行业发展，具有权威性、影响力的一座平台。

斗茶，斗到腰酸腿疼、低血糖，斗到几乎要通过决斗定胜负

累并快乐着

"到时候找一套舒服的衣服穿着，尤其是鞋，"我对第四届新入选的大众评委刘倩说，"一天斗茶下来很累的，好多茶样需要评审，根本没时间坐下来休息。"

这是作为第三届大众评委，我的经验之谈。没有参与过斗茶的人，以为斗茶过程跟平时品茶一样，聊聊天、听着琴曲、读两页书，泡一壶茶细品慢饮。斗茶参赛的茶样每类最少也得十几个，多的有几十个，初赛、复赛、决赛，差不多要在两天半内全部评审出来，所以工作量非常大。

第二天的时候，刘倩对我说，幸亏听了你的建议，昨天跟着专家们初赛还没觉得如何，今天开始感到腰酸腿疼了。昨天有大众评委还在群里留言说，腿疼到今天还没缓过劲儿来。

因为第二天几乎要把所有参赛茶样审评一遍，选出大众评委最喜欢的奖项，而那么多的茶样和紧张的时间，以至于评到下午三四点钟的时候，已经有好几个大众评委累的受不了，趁着评审间隙，跑到观众席坐下来歇息。

汪秘书长路过看到后，对几个评委说，那几位专家比你们年龄大很多，而且从昨天就开始审评，可是他们依然不知疲倦的样子，你们说这是什么原因？我回答说，大众评委大都第一次参加斗茶，应该是没有经验，我们四个去年参加过的还好，已经有心理准备；同时专家们也确实比我们精力充沛，不得不让人佩服。

斗茶大赛最后一天下午与评审专家们座谈，陈楚平老师聊到茶与身体健康话题时，就指着坐在旁边的专家陈金水老先生说，别看陈老年纪大，走路健步如飞，年轻人跟他一起还真未必能走得赢。要说陈老确实是身体好，三天斗茶下来依然精力不减，而且回答茶友们的问题时中气十足。

本来大众评委已经做好了加班到夜里、把所有茶评完的准备，组委会觉得时间还算充裕，于是把红茶和肉桂放到了8号上午。其实我倒是挺想当晚全部弄完，这样就可以跟着专家们进行决赛评比了。要知道跟着专家，可以学到太多的东西了。

因为不用继续评了，看时间尚早，于是我和王伟欣、侯耀晨几个又跑去茶缘喝茶。记得去年也是这样，评了一天的茶虽然觉得有些累，但还意犹未尽地接着去喝。去年斗茶大赛的时候也赶上降温，虽然一家结束我还想跟着花叔和老聂继续串场，怎奈衣衫单薄，只好依依不舍地半途退却。

喝到低血糖

还没到中午，被花叔誉为"社花"的大众评委王博文，已经饿到了低血糖状态，于是赶紧四处帮她找吃的。

头一次斗茶肯定没经验，像评审这种喝法，闷泡出来的茶汤，加上茶样又多，如果不吃饭或者不吃饱，几乎坚持不了多久。记得去年的第二天，头一项就是铁观音评审，一上午下来，胃里那个酸爽。今年也毫不逊色于去年，第一个审评的是生普洱，一轮没下来我就饿了。

因为平时泡茶方式与斗茶品评不同，平时是如何把茶泡的更好喝，斗茶的专业品评是通过100℃开水3~5分钟的闷泡，把茶的优劣都浸泡出来，然后从汤色、香气、滋味、叶底等去综合打分评判。

这种方式泡出来的茶，如果按照平时的口感来说，是非常不好喝的。有的大众评委没经验，认为其中浓烈苦涩的不好，选择滋味相对平和的，觉得这才是好茶。殊不知这么泡都不够浓，内涵物质的丰富度实在是值得怀疑。

也正是这样闷出来的茶汤，比平时喝的茶浓稠了很多，加上茶样多，所以喝到肚子里后很快就会感觉饿了。大众评委们聊到这个话题时，有人说专家每一口都吐掉了并没有喝下去，李树帆插话道：我发现其实他们把不好喝的吐了，好茶都喝了。

斗到脸红脖子粗

如果能把斗茶大赛上大众评委评选的过程用视频拍下来发到网上，肯定会特别火，因为斗茶过程中，几位大众评委争论的几乎都快通过决斗来定胜负了。针锋相对次数最多的是我和花叔侯耀晨，一方面因为彼此都比较熟悉了，说话少了很多顾忌，另一方面也有相互抬杠戏谑的成分在其中。

第一次争论发生在白茶的牡丹评审过程中，茶样放入评审盘后，花叔认为有两个茶样应该排除掉，他的理由是，这两种茶从外形看属于银针级的，放在牡丹里其他茶明显吃亏，所以对别的茶样不公平。我的观点则是不能去掉，因为斗茶不仅仅是评审外在，一款茶的品质好与坏是由其内外共同决定的，而且外观的占比也并不是最高，更何况虽然茶的外观似银针，但是它们的滋味、汤色、香气未必就能胜过其他几个茶样，所以应该放到一起审评。

其他几位大众评委的意见也不统一，争论了半天双方各不相让，于是决定通过举手投票的方式确定是留还是去掉，结果超过半数的评委认为应该一起评审。

就在进行下一步品评的过程中，我被叫去接受关于红茶方面的采访，等我聊完回来，白茶牡丹的评审刚好结束，据说是在花叔的一步步"诱导"之下，那两款茶样以滋味、汤色等略逊的原因，排名垫底。看到花叔志得意满的样子，显然是他的目的达到了。

第二次争论发生在红茶评审过程中，关于两个茶样到底谁的汤色滋味更胜一筹，大众评委们各抒己见，无法做定论——两款茶也确实是各有特色，大家也各有偏爱。说实在的，敢送来斗的茶，一方面茶品质肯定不会差，另一方面彼此间的差距也不会很大，甚至可能二者难分伯仲。

因为争不出结论，大家还是采用举手表决的方式，不出意外的四比四平，这时候关键的一票落到了王伟欣会长手上，我们把他从主持观众的现场叫了回来，王会长非常认真地把所有茶样审评了一遍，最后终于投出了那决定性的一票。

这还不是高潮。在红茶评审过程中，花叔的意见每个环节一直不同，虽然他每次都表达了自己的观点和论据，譬如关于他认为汤色比较不错的两个茶样，以及两个滋味不错的茶样，都在表决中因为票数太少，排到了后面。当评审到滋味的时候，花叔说有一个好像是烟小种，他非常喜欢，而我们不喜欢才没有选它，我刚想说这个跟它是不是小种没关，王博文接过话题问花叔平时是不是喜欢喝酒，说喝酒的人口味重，所以花叔才会喜欢烟小种，然后她又指着花叔不喜欢的另一个茶样说，这是典型的某某工夫，非常纯正，花叔喜欢的都不纯正云云，这下被花叔抓住了把柄，花叔开始奋力反驳。

我说，这个跟是不是烟小种以及某个工夫没关，你觉得那两个比较不错的茶，是有点小问题的，之所以我们觉得不是最好，是因为它们的汤色不够红亮，滋味的尾感略有点发酸。但是花叔对我的观点并不认同。

争论其实不止这些，所以每一类茶最后评审的结果，几乎鲜有哪一个茶样是无可争议地排在首位，大都难分伯仲，最后只好投票表决。今年之所以发生这些争执的情况，一方面是因为这一届的大众评委比上一届多了一倍，每个人对茶的认知与喜好程度各有千秋，另一方面是开始的时候除了我们四人做过上届的大众评委外，其他人都是头一次来做评委，彼此间缺少磨合，尤其是在评审第一个茶类生普洱的时候，所用的周期特别长。不过评审到后面阶段，大家逐渐有了默契，所以效率也越来越高。

大众评委的争论，也恰好说明了人们对茶，是各有偏爱的，反映到市场上，就是，当被消费者喜欢了，茶才能卖得好，你说得天花乱坠，市场不认、消费者不买，有何意义？这也是斗茶大赛引入大众评委的初衷，大众评委可以说代表了消费者的不同喜好，大众评委的争论，说明人们对茶的品饮，已经逐渐形成了百花齐放的状况，想单凭某一类或者某一两款茶产品占领全部消费人群，已经越来越不现实或者难以实现了。

　　建议组委会在下一届斗茶大赛上，专门派名摄像师全程跟着大众评委们，把评审过程拍摄下来，到比赛结束各位评委坐下来，回看当时争论的那些情景，那该多么有意思啊！

百里挑一，我们都是最好的那一"茗"

（一）

硝烟，仿佛去年的还没有散尽，战幕，今年的已然拉起。

第五届斗茶大赛的第一幅战幕，是大赛第一天拉开的。早上我刚到，相继有人提起第四届大赛上我跟花叔的"内斗"典故，开始还以为又是花叔挑事儿，一问才知道，原来是头一天筹备会时汪秘爆的料。

要不怎么说硝烟一直没散，这一年来差不多每次和花叔喝茶时，都要为这事再争论一番。这届大赛有几位上届的大众评委又入选，加上评委杨常生支持，形成了"联羊抗猴"的形势，一边倒的局面让花叔很是郁闷。

玩笑归玩笑，其实花叔在我们九名大众评委中，可以说更为辛苦，因为一边要动嘴评茶，一边还兼顾斗茶大赛的现场解说，在主持人和评委角色间不停地来回切换，以至于虽然一天那么多茶喝下来，依然疲惫到各种坐着都能秒睡。

花叔之所以称为花叔，除了众所周知的缘故外，还因为每次茶会他都会穿得花花绿绿的。这届斗茶大赛也不例外，因为一件条纹外衣，被专家周博士送了个雅号："青蛙主持人"。

（二）

如果没经历过斗茶比赛，可能会把过程想象的很有趣很好玩。第一天一早，第一次入选评委和专家助手的茶友们，看起来都很兴奋活跃，而我这个

"老司机"却很冷静,靠在角落默默给手机充电,因为我知道接下来的三天评选,都是考验能力和体力的硬仗。

果然,这一届茶会选送来的茶样数量达二百多个,尤其是水仙、肉桂和大红袍,占到了一百二十多个,可以说竞争异常激烈!从第一天开始直到最后一天的中午,才斗出来结果,预赛、复赛到决赛,每个茶样都至少出三泡汤,加上有些茶样比较接近不能一下子确认,可以想象出来,专家们要喝多少遍,才可以评判出每个茶样的最后分数。

所以第一天进行到很晚才结束,虽然我们大众评委并没有进行审评,但是依然觉得腿酸脚疼,一坐下就不想起来,可想而知专家们应该更累,而且他们比我们年龄更大呢。

(三)

这一届茶会上乌龙茶茶样数量增多,刚好也从一个层面反映了市场的状况,就像第二届茶会上铁观音茶样减少、白茶有所增加一样,而第三、第四届红茶茶样情况,也可以说明红茶市场一直稳中有升。

说到我尤为喜欢的红茶,从制作工艺到茶树品种到原料的多样化,在连续三年斗茶大赛上我都有新的感受和惊喜。只是从整体来看,这一届并没比上一届更具特色,未评出茶王也就不意外了。反而还有几个参赛茶样,加了糖甚至发生了霉变。当然参照白茶评选结果来看,有今年天气不好雨水多的因素在其中,但是这样的茶样也送来评比,不知道茶企出于什么初衷,抑或是茶样在走快递的路上悄然发生变质。

说到红茶的多样化、创新与传统工艺的沿袭,国家颁布的标准与市场的认可、消费者的偏爱,似乎也是一种矛盾和纠葛,红浓与金橙、焦糖与花香,到底哪一个才是红茶的基准特征和评判标准?据说这两届都有茶样因为汤色原因而影响了最终分数。有几次茶会上,曾跟茶友为此争论过。在这几届专家评委座谈会上,我都带着相关疑问,迫不及待地向专家们求教。

还记得第三届大赛上陈金水老师给我们讲起,当年正山堂金骏眉刚创制出来那会儿，参加斗茶大赛时几乎每次都是因为汤色在预赛环节就被淘汰下来，后来才逐渐把金骏眉单分出来评选，而如今已成为常规。陈老师对于我的疑惑解答道，市场的产品形态与茶叶的标准，会有地方茶叶协会和茶企去制定，也会考虑消费者的取舍。

所以标准和市场及消费者喜爱，可以说是一个相互论争、认可的过程，而斗茶大赛则是一种结果的检验和证明。譬如说专家评审出来的获奖者，或许跟大众评委评出的未必完全一致，而三届的最终结果，二者都有不一样的。

（四）

其实报名入选大众评委，对于我个人来说，尤其是难得的学习和检验自己的机会。第三届的五名大众评委里，大概我属于实力最弱的，能够入选真是幸运。那一届也是我第一次真正亲历斗茶，简直就是寸步不离地跟着专家们，中间问个不停，就连大众评委正在评茶时，我有疑问也是直接端着审评杯跑到专家面前求解。

第四届大赛上的经历大概很多茶友都知道了，为了两个茶样的孰优孰劣，我跟花叔争得不可开交。这一届，对红茶，我依然从预赛到复赛再到决赛，所有环节一直跟在专家评委身后学习，闻香、品滋味、看叶底，自己评判之后再去对照专家们打的分数和评语。

最后一天决赛的时候，九个红茶样，条索、汤色、滋味、叶底，我分别给了其中三个，没有像上一届那么集中，因为没有哪个茶样的所有各项都让我情有独钟。可惜当时忘了拍下茶样和编号了，无法去与最后获奖的进行一一对照。

（五）

大众评委今年的评选方式和过程，高度统一和顺畅，或许跟两年的磨合过程有很大的关系。

第三届斗茶大赛第一次引入大众评委,当年一方面人数不多只有六位,对于评选结果比较好统计,同时可以说水平相差不大,没有过多的分歧。第四届人数一下子翻了一倍,上届大众评委虽然有四位延续,但与新的大众评委未曾磨合,加上彼此对于茶的认识、经验和理解不同,经常产生各种异议,所以争论不休也在情理之中了。

第五届斗茶大赛,吸取了之前两届的经验教训,评茶之前我们统一了流程和标准,于是过程非常顺畅,虽然茶样比上一年多了,但是因为效率提升了,第三天肉桂、红茶和大红袍的决赛,近三十个茶样,在中午的时候,全部评选完毕。不知道当汪秘得知我和花叔居然没发生争执时,会不会觉得很是失望呢,哈哈!

要感谢新增的专家助手们,分担了之前我们大众评委的记录和洗刷茶具的工作。只是我不在茶行业,否则一定申请去当助手,近距离跟着专家们学习。

除了丰富多彩的活动,第五届斗茶大赛的另一个亮点就是网络直播了,三天的评选现场都有人拿着手机在直播,本人也几次入镜被采访。

第一天上午预赛时,组委会安排花叔和我现场主持,不知道为何只有一个话筒,结果和花叔抢来抢去,我心说这不是故意制造我和花叔有矛盾吗?后来没过多久,忽然花叔跟我说话筒他不用让给我了,原来他也拿着自拍杆在玩直播,怪不得他这么大方呢!

猜一猜,最后谁将拥有"金舌"?

体育大赛上经常会有选手"一战成名",在北京茶友会生普盲品茶会上,也有一位美女茶友一战成名,不仅全部品对成为进入复赛的五名茶友之一,而且在决赛时没有被额外添加的新茶干扰,正确地品出另外两款生普获得了冠军。

平时我们喝茶常会受到各种外界因素的影响,就拿普洱来说,诸如从产区山头村寨,到古树老树大树小树台地、大小叶种家养野放,再到明前明后谷雨春分,再到单株纯料拼配,还有厂家字号印记新陈年头以及各种仓,一饼茶还没开始泡就已经信息爆棚了,这还没完,此茶是谁的谁带来的是朋友间分享还是要出手买卖或者品鉴真伪抑或茶会授课商务会晤佐饮,喝茶的地点环境如何由谁来泡用的什么茶具和水都有谁在一起品,等等。

因此而言,无论常不常喝普洱、对于普洱了解程度深浅、喝的时间长短,上述因素都会给喝茶者构成一定程度的引导或者干扰。把一款几百块钱的茶喝出几万块钱的感受,抑或同一饼茶自己拿回去喝,完全没了在茶店或朋友泡时的那种味道,甚至打眼上当受骗或者捡漏赚到也是再正常不过了。延伸到其他任何茶都是一个道理。

用审评杯的盲品便是排除过多信息对主观的干扰，尽量真实客观地判断出一款茶优劣的品鉴方式，虽然貌似简单粗暴，但是非常行之有效。

茶友会举办的普洱生茶的盲品，可以说是一种茶友间兼品鉴、娱乐和比赛的方式，不为评判几款茶之间孰好孰坏，而是在不允许看叶底的前提下，考验舌头鼻子眼睛对一款茶的辨别、记忆和判断能力。以我个人的经历和经验而言，往往第一时间的感觉是比较准确的，但是我们常常不太确信自己的直觉，想通过再品几口来进一步判断，结果越喝越拿不准最后完全迷失，尤其是对于滋味比较接近的茶。五款中我猜错的三个，就是这样导致的。当然有人对味觉的感受天生敏锐，有人经过训练后知道如何捕捉住重点。

第一阶段盖碗冲泡品鉴过程比较有意思，大家每一泡喝的都比较认真，努力去记住各款茶的特点，有的茶友在分享时说某某山头的茶苦涩感非常明显，盲品时我会首先判断出来。然后也有比较有经验的茶友说，审评杯泡出来的茶味儿很接近，你说的那个特点到时候就不明显了。果然，我当初也曾觉得比较容易辨别的那款，最后根本没猜出来。另外让我没想到的是，五大茗山盲品，第一天预赛我还猜对了两款，第二天预赛我又尝试了下，满以为会多猜对一两个，结果全都错了。后来回忆了下过程，只能怪自己几张茶桌都去喝了，因为每个茶艺师泡茶些许的味道差异，影响到了最终判断。

斗茶茗战的盲品，是另一种目的和方式过程了，因为要评选出同类茶中的名次，所以茶的外在与内质优劣程度成了评判的依据，除了对应的序号外，评委们可以说对参评的各款茶其他信息几乎一无所知，评审过程中分别针对条索汤色香气滋味叶底等打分，然后再按照各部分所占比例折算出总分，由高到低排列名次先后也就随之产生了。当然能送来参加比赛的茶彼此间并不会相差多少，所以去年马连道斗茶大赛出现评委间从"茗斗"变成"人斗"，也是事出有因不足为奇了。

周末就要进行五大茗山的盲品决赛了，三个预赛阶段的三位以全胜战绩成为冠军的茶友，最后谁能夺得"金舌奖"，真是充满了悬念，非常令人期待啊！

茶博会有感

茶博会我匆匆去转了一圈，感觉这两年的规模和档次都越来越不如之前的大和高。每届展会上都能遇到几家熟客，有时会停下来喝杯茶，有时因为时间紧打了个招呼没有停留。

前几年参展商有三成到一半都是做普洱的，近一两年其他黑茶开始多了起来。一些普洱茶展位我基本看一眼就走，尤其是摆着班章易武薄荷塘冰岛等茶饼的，以及以老茶为噱头的。前两年以仓储为概念的普洱茶商，开始崭露头角。

和往届一样我主要还是奔着红茶而来，碰到喜欢的聊一聊，不能现场品尝就索取包茶样。每届都有不同产区的红茶茶企来参展，可以集中地把他们都品一遍，像最早的滇红，之前的英红九号，以及去年的坦洋工夫。有的新品红茶看起来喝起来感觉还不错，只是不知道他们如今市场做得如何。

有次展会居然遇到了肯尼亚的一家展商，很意外于是特意去聊了聊，大概明白他们在准备做中国市场，以批发业务为主。加上之前跟斯里兰卡那家展商

聊过的，以及年初参加印度茶会所获信息，看来这几个红茶出口大国对我们的红茶市场还是很感兴趣。

咨询时旁边有观众边问边议论，什么非洲那边的环境也能产茶，碎茶喝起来茶叶末子都进了嘴里各种云云，而工作人员的解释有些切不中要害。

我在一旁实在听不过去了，挺身而出替展商告诉他们，肯尼亚的茶叶很好，肯尼亚是世界产茶大国，出口第一，红茶产量比中国还多，以及他们的红茶特点等。他们问我是做什么的，我说我只是雷锋，他们说还以为我是展商人员——看来我们茶知识的科普，还有很多事情要做啊。

当我去逛茶博会的时候，都去逛些什么？

记得头些年的时候图新鲜，对感兴趣的展商都想去喝喝，后来发现根本喝不过来，而且现场闹哄哄的，没法静下心来去仔细品一款茶。

再之后开始专注于红茶，一天转不过来就连着去两天，譬如最早曾经在一家凤庆滇红展商那儿，把他们带来的中高价位的产品，每种买了一点儿做茶样，怕记不清哪个是哪个还让他们贴签写上年份和价位，也是在那家茶企我买了滇红茶饼，准备回家看看这东西存放几年味道会变成什么样。

每一年都有一些产区的茶企组团来参展，碰到做红茶的我就会挨家品一遍。譬如早两年的贵州红茶、宜红、宁红以及国外的茶企，英红来的那届，坦洋工夫来的那几届，差不多每家展商我都品了一下，有届我特地去品了下米砖。头两年特想找湖红，于是把湖南黑茶的展位都转了一遍，开口就问有湖红吗，结果谁家都没有，毫无所获。今年组团来了几家湖南湘西的茶企，因为刚

好红茶我会的是湖南红茶,是湘西的,于是也特地去品了两家,还是头一次喝到湘西的红茶绿茶,觉得古丈毛尖很好喝,虽然我平时基本上不怎么喝绿茶。之前的茶博会上我把陕西那边的红茶挑了几家品了一圈,总体感觉外形多于内容。

国外的红茶,曾经在之前的某届展会上参加了印度红茶的推介会,之后几届来了好几家锡兰红茶的展商,据说是因为新大使上任开始发力推广茶叶,做乌瓦的茶企来参展让我比较意外,但同时更开心。品和聊的过程中发现茶企的王经理,推广产品的方式似乎与一般茶企不大一样,后来才知道他之前和我居然是同行,聊起职业我说从事广告行业,他居然问我曾在哪家4A,我一下子有些惊到了。

除了红茶,有两年特别喜欢去淘紫砂壶,基本上头一两天挨家转转,觉得喜欢的问下价,等到最后一天撤展再去砍价淘货,几乎都如我所愿地买下,虽然我还的价他们很不情愿,想想与其再运回去不如索性卖了吧。曾经在某届展会上遇到了当年在雅寨买的那把壶的师傅,去跟他老人家寒暄结果被当成套词砍价的买主了,第二天带了那个壶的证书过去,师傅立马态度就不一样了,于是又顺带买走了一把。

曾经在某次茶会和茶友聊过彼此买壶的经历,有茶友觉得我这种方式很可

能就会失去当初看好的，因为没准中间被谁买走了。我觉得这完全是种缘分吧，就像有一次我在某展位看好了一把朱泥手工筋囊，当时试着砍了下价觉得还比较合适，可惜钱不够卡没带，于是只好说第二天过来买。转天也有人看上了这壶，师傅说有人订了，然后离开摊位打水，买壶的不死心守着不走，然后就在这个时候我到了，师傅说如果你再不来这把壶就卖给那个人了。

这两年逛茶博会我都会特地带上谭子做了送我的那个杯子，以前带着去逛茶博会，发现很拉风而且可以混到好茶喝，经常会有展商和逛的人问杯子哪儿买的，我说是我原来公司创意总监谭子自己做的，他不是专职做这个的只是捏着玩儿。

中午讲完茶后跟茶友闲逛，在一个展位上顺手把杯子放在了那里，正说着话有人拿起我那个杯子跟展商说这个杯子多少钱，快撤展了你们就便宜处理了吧。我一把抢过来说，这杯子是我的，不卖！

会聚三载，茶香四溢
——写给"北京茶友会"的三周年

　　没记错的话，2015年春节刚过后不久，有一天忽然收到王伟欣会长约饭局的微信，那天聚在一起的几乎都是在2014年马连道斗茶大赛上结识的茶友，吃饭的时候王会长说，虽然斗茶大赛结束了，我们是不是还可以一起继续做点跟茶相关的事情？

　　我想王会长成立北京茶友会，或许在那次饭局之前，就已经萌生了构想，饭局算是一个启动仪式吧。两个月之后，北京茶友会的微信群，也就是如今的茶友会一群建立了，意味着北京茶友会正式成立。查看了当年建群具体日期，2015年6月3日。2015年7月12日，茶友会第一季茶会"红色之恋——红茶品鉴会"，在憩园成功举办。

　　从2015年6月发起成立，7月开始正式举办茶会，至今，北京茶友会刚好走过三个年头。

　　作为一个公益性的学习、交流、推广的茶平台，能够坚持到现在，举办大型茶会将近90场，加上小型的及非正式的，有一百多场了。当年马连道也曾有着各类的与茶友会性质差不多的茶会平台，不知道现如今还有谁在继续坚持。

　　三年前建立的北京茶友会群，因为茶友不断加入，已经扩展成一群、二群、三群，此外还有一个茶艺师群和读书群。微信账号里有好多与茶相关的群，相对来说我更喜欢茶友会的，唯一原因就是它严格的群规以及管理，没有其他群让人厌烦的小广告、刷屏、鸡汤以及负能量。就像群规所言，茶之道，惜茶爱人，和敬清静。曾经写过一篇文章，说作为一名茶人，如果连群规都不能遵守，还谈什么茶禅一味？

　　茶友会最初举办的茶会，报名参加都是免费的。但一开始并没有像后来那样，几乎一两天就会满额，像第一季茶会从规划加对外推介，前后差不多经过

了半个月时间,会长还在六月北展的北京茶博会上贴信息做宣传,农业社的陈主编说她就是在茶博会上看到后,才赶来参加的红茶会。免费可以迅速招揽人气,但同时也会带来报名的随意性,而有些真正想参加的茶友,因为看到信息晚了,失去了参与的机会,这也是后来茶会收费的一个原因,收费的另一个原因是毕竟还有场地费是要交的。

每场茶会能够顺利举办,得益于憩园、百茶研究院等在场地、茶具和人员方面的合作支持,曾经憩园的茶艺师们,一边忙着自己的工作,一边还要全程为茶会服务。茶友会的年会、拍卖活动,如果没有在背后默默服务的义工茶艺师们,难以想象结果会如何。

去年年底王会长开始琢磨,如何把自己的办公室重新调整,充分利用闲置的空间。在步入第四个年头时,茶友会举办茶会终于拥有了自己的主场,茶马大厦的1411。

三年来茶会的形式,也在不断地探索改变之中,虽然主讲分享与茶友品鉴依然为主体,但像举办过不久的普洱茶盲品,世界红茶的盲品,以及即将举行的凤凰单丛的品鉴茶会,这种与以往不同形式的茶会开始越来越多,包括像平阳黄汤这种与茶友会合作的茶企茶商推介茶会,甚至,茶友会的年会、联席茶会、给茶友捐助的公益茶会等。

茶友会在寻茶学茶品茶的过程中,让很多茶友从刚开始接触茶,通过茶会喜欢上了喝茶,并且爱之弥深,同时也在茶友会平台认识了更多茶友,对接到了更多茶的资源,有的茶友甚至从一名茶"小白",成为斗茶大赛的大众评委。

会长轮值制,也是茶友会的独特之处。茶友会进入第二个年头的时候,王会长发起的会长轮值,成为茶友会管理执行机制,重要的事物和节点,新一年茶友会的规划,会长们将开会讨论进行决策。

在进入第四个年头的时候,茶友会轮值拥有了一位女会长。对于女性占很大比例的茶友们来说,女会长无疑会让茶友间的沟通更为便利,可以更顺畅地了解会员们的心声。

北京茶友会第四个开年,仿佛盖碗里的茶正在煮水冲下一泡,壶里已经沸腾,即将开始注水泡茶出汤,不论是否品过前三泡,如果你对茶的滋味充满了期待,那么带着你的品茗杯,来茶友会一起入座吧!

一场茶会做到100分不难,难的是,每一场都能做到

因为拥有了1,才让0变成了100,我们都是每一个1,一泡茶是由一片片叶子做出来的缺一不可,一百季茶会,更是靠一季一季累积做到如今。

一百季茶会那天,汪朝江秘书长说得好,一场茶会做到九十分一百分不难,难的是,每一场都能做到满分。

百季茶会后已听闻有茶机构、茶友纷纷在做茶会规划,都是好事,对茶普及推广很有用。只是做茶需要情怀和坚持,这个很难,马连道这三四年挺多搞茶会的,似乎都半路夭折了。我觉得有的是背离了初心,有的是想法多了又不能贯彻执行,还有的没有规划又想当然,无关乎商业性质还是做公益。

现在茶友会给各路想做茶会的茶友打了个样,让大家看到了一种方式和希望,同时,对茶友会也是一种鞭策,因为更多的茶友和业内人关注到了你。

但是茶友会茶会是无法复制的,它的初衷是爱茶的情怀,公益行为,所以,但凡仅仅抱着商业目的和其他个人利益目的的,在这里都很难长远坚持下去。轮值会长是为茶友服务的,所以如果抱着一己私心,最终会很失望,因为

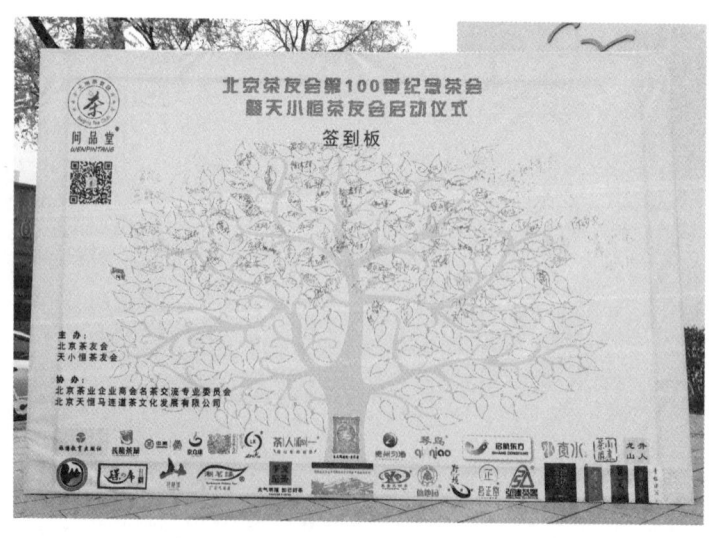

发现所期望的回报几乎得不到，同时，也会渐渐失去这个群体，因为，其实大家心里都很清楚，即使嘴里不说。

一百季做下来，从照片上会发现，参加的茶友年龄层越来越广泛，在我看来，一个组织的活力和激情，与成员的年龄还是有很大关系的，大妈们虽然每天都在跳广场舞，但并不代表这个群体充满了潮流朝气。

有次跟茶友讨论如何让90后喜欢茶并且跟随，首先，你的调性，如果都跟90后有违和感，人家凭什么跟你玩？如果你写的推广文字语言不是90后喜欢的，很可能他们只看了一句，就掉头而去。

最近因为工作原因，几次讨论到了非遗、传统手艺，如何让已成为主力消费群体的90后喜欢和传承的问题，不要以为二十岁的时候不喜欢，到了四十岁的时候他会自然爱上，这二十年有太多的诱惑和选择，茶也是一样。

所以一个茶友组织，一场茶会上，都是四五十岁的，或都是三四十岁的，以及二三十岁的，就如同一个广场上，跳老年迪斯科的，跳交谊舞的，唱歌的和玩滑板街舞的，无所谓对错好坏，只不过是人以群分物以类聚，什么阵营吸引什么人扎堆而已。

一两个大妈带自己孙子跳舞，属于个别现象，如果所有大妈都带自己孙子孙女来跳，那就是群体效应了，关键是能不能把孩子们都带来。

这些大妈的孙子孙女，到了五六十岁会跳广场舞吗？答案是否定的，因为，那时候，广场舞已经消失不见了。

问鼎大红袍,谁为武夷星?

杯之型质,茶之滋味,蕴制于内在,彰显于器中,陶冶于心性。

一款茶的韵味醇香,随着盛茶杯子器型、材质与制工的不同,也会变化出曼妙且细微的差异,当然这需要品茗者沉心静神,否则这种感觉稍纵即逝,眼前只剩下了杯子与茶的外在。

"时间大红袍""自然大师醇香大红袍""记忆大师八三茶人大红袍""蘭黛""蕴藏甘载",犹如武夷大红袍的五位星君,是时间的馈赠,陈放历史的岩韵,限量珍稀,是一脉传承,品格陈蕴于内,历久焙香,是道法自然,历风沐雨,花香沁心知味,是打开岁月的尘封,深藏的韵味娓娓道来,是时间、记忆、自然的诗意表达。

菊瓣、幽兰、六角、压手、敦善五款汝瓷杯,或工循自然、质朴而韵高华、温润优美,或造型设计典雅风尚、气韵如兰,或致敬经典、温润柔和中又不失鲜明个性,或别具匠心、手工精制、追求极致意境,或敦厚持重、兼收并蓄而从善如流……

当大红袍的五位星君，先后邂逅五款茗器，茶与杯的倾注交融，指尖唇齿与杯沿的轻抚触碰，品茗与把玩，仿佛茶与杯之间的喁喁细语，可谓别有一番兴味。赏器品茗、目观心鉴，知其妙法方得意境，不在其中又怎知其真味，而先入为主、拥器自宠，更如何领悟其无形无我之真谛？

这不仅仅是岩韵花香与汝瓷名器，在茶品的色、香、味及杯的聚香、唇感、挂壁的一席精彩演绎，更是茶企、茶人、茶友，品茗缘聚的兰亭佳话，跨界集群、开泰兴业的运筹。正所谓青玉为案、星夷神往。

茶品

一道道亮丽的风景线

茶的条索、香气、汤色、滋味,可以说黑白不同、疏密有致、境界分别,各入各的眼和口,各有各的好与恶,各有各的坚持或转变。

六大茶类与其真正的本"色"

曾跟一位朋友聊到喝茶，她说她很喜欢喝红茶，我问她最喜欢哪种，她说大红袍，然后一瞬间我很无语。这不由得让我联想起有人把安吉白茶当作白茶来喝，还有某省有种被当地人叫成"黄茶"的茶，实际是用特异品种茶树鲜叶做成的绿茶。而沩山毛尖虽然看着像一种绿茶的名字，但它却是黄茶的一种。

犯这种常识性的错误，其实也不能太苛求我们广大的茶叶爱好者，因为中国的茶的品类实在太繁多了，多到如果每天换一种来喝，估计十年八年都不可能重样的。

所以把如此之多的茶叶分门别类，实在是一件非常不易且又特别有意义与影响的事情。茶叶究竟如何分类才更科学更系统？茶界的专家学者们，分别从不同的层面进行了具体诠释，而其中最为我们广泛所熟知的就是分为"六大茶类"，即红、绿、黄、黑、白、青茶。

从技术层面进一步来解释，就是每类茶都是由鲜叶通过相应的工艺制作而成，如用红茶工艺加工出来的就是红茶，它只形成红茶的外观和汤色、香气、滋味特征，绿茶工艺做出来的就是绿茶的干茶、汤色、滋味特征，其他几类亦如此。

所以六大茶类也因为制作加工过程不同，而呈现出了各自干茶及茶汤色泽、滋味的特征，这是此类茶工艺特点的直观反映，于是也成为我国茶叶基本类别划分的惯常标准，相对其他品质因素，这种方式更能直接体现茶叶最本质的特性，而且更易直观感受和用文字描述与传播。

不过近年来随着一些创新工艺的出现，譬如发酵度降低了的金骏眉，在做红茶时加入摇青而成的乌龙红，进行了揉捻和微发酵的新工艺白茶，形成了有些介于两类茶之间的新品类，在传统六大茶中，似乎都不太能明确地将其归到其中之一，起码已经不符合红茶或者白茶之汤色叶底，不知道是不是要对此前的茶类之分进行细化？

比较有意思的是,最早期红茶也就是小种红茶,被桐木当地人称为"乌茶",意即黑色的茶,后来周边地区仿制的红茶也随之叫"某某乌"。而世界三大高香红茶之一的祁门工夫红茶,当初曾被称为"乌龙"或"祁门乌龙"。这不由得让我们想到红茶的英文名字叫Black tea,也是茶叶条索呈乌褐色的缘故。

从传播角度来看,虽然叫红茶更有辨识度些,但个人总觉得红茶被命名为"红",有些不尽茶之本色,因为红茶其实并不那么红,无论是茶本身,还是国内人们对其喜欢热衷程度。还是英语称之为"黑"更靠谱一些,在当年举国皆饮绿茶的大环境下,红茶居然异军突起而最后征服了英国及全世界,也真是一匹黑马。

既然提到了黑,那么就顺带说两句比较有争议的普洱,按照目前分类标准,熟普是被归到黑茶类里的,但是业内有另一种观点,认为普洱茶应该从六大类中单独划分出来。这个就比较有意思了,如果普洱真的变成了第七大类茶,那么大家想象一下,用什么颜色来命名更适合它呢?

久闻其名宜红工夫

"你这儿有宜红吗?"

"有啊,这个!"

"我说的是宜红,不是宜兴红茶。"

"宜红不就是宜兴红茶吗?"

我懒得跟店主费口舌解释,转身就走。

头几年刚喜欢喝红茶那会儿,特别想把著名的几大工夫红茶都搞到,然后互相比对着喝,这其中就包括宜红。可是我在马连道陆续寻了几座茶城,不仅没找到,每次都如上文描述的那样,店主没搞清什么是宜红就敢往里招呼。除了卖茶店主,我还曾遇到过两位算是资深喝茶的朋友,居然也把宜兴红茶(阳羡红)叫宜红,很让我意外。

宜红工夫之所以称为宜红,其来龙去脉学术界尚存在着一些争议。通常的说法是宜红的主产区其实在湖北的恩施等地,当年因为外销贸易的原因,做好的红茶都要汇集到宜昌中转外销,久之就被叫成了宜红。我们著名的几大工夫红茶,几乎都有近百年到二三百年历史了,当然因为时代变迁走入低谷红火不再。后来宜红恢复生产也同其他工夫红茶一样主要针对出口,国人当然不知道更别说喝到了。近十几年国内茶企茶商纷纷开始发力红茶内销,与金骏眉热不无关系,一些传统工夫红茶又开始恢复创制。

当初马连道中以红茶为主营茶类的店铺很少,那种荟萃各地红茶名品的更是少之又少。不过后来还是让我在一家专门卖红茶的店里,找到了宜红,可惜的是当时那家店里的宜红只有一款且等级不高。

好像前几年的时候,我在地铁里见到了利川红的广告,颇为开心,觉得终于可以在北京买到了,但是他们在北京做了半年广告却没有铺货。后来茶博会时特意去了这家茶厂的展位,品了他们的两款红茶感觉很不错。据说他们的红茶之前也是为出口外销代工,但是因为渠道的关系不够垂直,于是决定做自己的产品出来，因为之前主要针对高端市场，所以选择北京做了一波广告推广。

当年金骏眉带火了红茶高端市场后，国内茶企一直存在一个误区，或者说一种盲目的追随，以为自己做一款高端茶也能跟着分一块蛋糕，甚至像金骏眉一样可以火起来。要知道我们的红茶市场还处于培育阶段，连卖茶的都还没搞明白宜红和宜兴红茶的区别，做出一款昂贵的红茶，就一定能热卖？

就像宜红这个名字一样，不管做什么红茶，如果不能适宜目标人群的需求，先不说能不能红火，即使是在市场上存活下来都很难。

曾经窨在记忆中的茉莉花茶

以前我一同事刚认识她男朋友那会儿，听说他父亲喜欢喝茉莉花茶，于是去吴裕泰打算买些送老爷子，可是同事不懂茶，面对那么多价位拿不准多少钱的合适，就折中选了一款七八百块钱的。隔些天问男朋友老爷子觉得茶如何，男朋友说他父亲说一般。同事心想买便宜了，于是某天抽时间去买了款一千多块钱的送了。过段日子再问，答曰，老爷子说这茶没啥味儿。同事赶紧又去买了款更贵的，得到的回复是更不好喝了。同事暗自琢磨，这老爷子啥情况啊，怎么越贵越觉得不好喝？一赌气索性买了种百十块一斤的，得到的答复，这回的茶太棒了，味儿正、倍儿香！同事听了，哭笑不得——不过也好，以后买茶省钱了！

我说的这个是真事儿，同事不是北京人，平时也不喝茉莉花茶，以为越贵的越应该好喝，越受欢迎，可是没想到适得其反。我说咋不问问男朋友他父亲平时都喝啥价位的茶，同事说他男朋友不喝茉莉花茶，也不了解，老爷子几乎都是自己去买。

说到茉莉花茶，应该是我对茶最初最早的认识了，在我很小的时候，那就是茶。记得当年东北人也没有喝茶的习惯，家里茶是用来待客的，我父母也都不喝。20世纪80年代初茶还是奢侈品，父母会去商店买一袋一二两装的茉莉花茶回来——啥牌子的想不起来了，逢年过节或者家里来了重要客人才给沏上一杯。虽然茶水闻起来香香的，但是小孩子还是对糖果更感兴趣，我们从来也不去偷喝。

后来忘了在哪里看到的养生知识说，茶水放上糖一起喝很养胃——我上中学那会儿经常犯胃病，于是决定试一下。现在觉得那个茶应该说的是红茶，可是当时哪里知道茶还有那么多品类。刚好家里有个紫砂保温杯——那时候的紫砂想来应该是比较纯正的，不知道杯子怎么个来路了，反正在家里一直也没谁用，于是被我拿来开始泡茉莉花糖茶来喝。茶想不起啥味道了，肯定甜甜香香的吧。喝了段时间，有次忘了洗杯子，等想起来打开盖子，里面已经长了一堆绿毛，看着实在恶心，只好把杯子扔了，茉莉花糖茶养生也告一段落。

再一次喝茉莉花茶，时间已经是在大学毕业后了。当时被所在公司派到江苏做市场企划，当时也不知道那是我国的茶产区，只是感觉当地人都挺喜欢喝茶的，春天当街就有现炒的绿茶卖，报纸上还谈论这种茶适不适合品饮。办公室的江苏同事几乎人人一个茶杯，而我平时渴了只喝白开水或者饮料。有天一同事实在看不下去了，就过来跟我说你怎么不喝茶呢？很奇怪很不理解很不应该，你也喝茶吧——大概这个意思。于是我跑到附近的超市买茶，一看货架上有很多的茶，但是真不知道选哪个好，挑来挑去买了包茉莉花茶回来。结果办公室这帮同事见我拿了这个回来，顿时满脸不可思议觉得我不可救药的样子，然后再也不劝我喝茶了。那袋茉莉花茶好像我也没喝过两次，一直放在抽屉里不知所终。

20世纪90年代末来北京后，我最早任职的一家广告公司的前台，居然是从茶馆里出来的茶艺师。老板是北京人，有时候会让她去鼓楼附近的茶店买茶自己喝或送客户。有一次我跟她去过一次茶店，一路上给我讲各种茶的知识，怎么辨别茶的好坏，可惜那时对茶无感，听了也没记住什么。

前两年回东北老家收拾一些旧物，居然从柜子里翻出来一筒茉莉花茶，有二三两的样子，打开盖子一闻，味道还蛮香的。回忆了半天才想起，应该是十年前买了让父母送亲戚的。记得当时买的是礼盒装，里面有两筒的样子，于是去问母亲。老人家记性还挺好说是有两筒，那筒送人了，这筒可能是后来忘在了柜子里。我心想还不错，能够尝尝十年陈的茉莉花什么味道，于是拿出来放在了柜子边上，准备带回北京。

过两天收拾行囊时，发现那筒茶不见了，去问母亲，老人家说，你搁在柜子旁，以为你不要了，就顺手帮你扔了。我听完好一阵子无语，可惜了我那陈年茉莉花茶啊！

有烟抑或无烟，都不要试图讨得所有人喜欢

感觉有股熏肉的味道儿——前些天给两位一起聊事儿的朋友泡正山小种，其中一位喝了口后如此评价道。想起有一次在朋友茶店喝正山小种，其中一位朋友也是这么评论的。这两位朋友之前都没有喝过传统的小种，我问喜欢这个滋味儿吗，二人都觉得不错很好喝，其中的一位后来还在朋友店里买了一罐。

如这两位朋友一样一上口就喜欢小种烟味的算是一种类型，肯定还有怎么都喝不惯的，他们觉得茶怎么会做成这样的味道。就像在上周日的沩山毛尖的品鉴茶会上，同样的一种黄茶，大家先品了去掉烟熏工艺的，因为主讲周老师担心一上来就喝传统烟味儿的，会有一大票人无法接受，收拾东西起身而去，可是现场参加者还就有更喜欢后者的。

相对而言我们其实还都不是沩山毛尖的传统消费群体，就像普洱以前只是一种边销茶，喝它的群体远不是现在如此的广泛，而且这中间还经历了几番推介炒作才为更多人所接受和喜好，同时依然有很多人就是不能接受其口感，这都是非常正常的情形。"喝茶的人喝来喝去最后都归结到普洱"，这是一种非常自以为是自我感觉良好的一厢情愿。

讲到这个烟熏味，主讲人周老师解释说这个与当地人的饮食习惯有很大关系，譬如湖南人嗜辣、好腊肉；同时，一款茶的工艺形成，更重要的原因是当地茶产区的环境，造就了某一种或者几种茶树，或者说有些茶树更适宜在这块区域生存，然后加上此地的水质、冲泡茶具和方式，于是决定了茶用这种工艺譬如烟熏做出来后，喝到口中才能更彰显其味儿的优势同时弱化其不足之处。当然这是由当地的茶农、茶叶生产者和喝茶的群体，多年以来不断总结改进而成的，并非一朝一夕形成的，这也形成了当地或者一个区域内著名或者广为品饮的茶类。

因此在某一个区域内，为人所熟知的或者当地人习惯喝的茶，即使消费很普遍且量很大，但是在区域外却可能并不为人所知，哪怕只是一山一河之隔。

以前信息传播与营销方式落后，出现这种情况也正常，在如今网络如此发达的情况下，依旧有很多茶品还是囿于一方，只能说是我们的茶类实在是太多了，各地的饮食习惯也不一样，此地视为珍味的，他地却弃如敝履。

就像当年的正山小种，它的烟熏缘于武夷山的氤氲雾霭以及就地取材的松木，如果满山都是别的树种，或许小种就是另一番味道了。现如今没那么多松木了，同时也因为机械化的生产代替了传统的手工方式，做出来的红茶没有了那种松烟味儿，先不说这样改了工艺后的红茶是否还可以叫小种，至少从一个外销品转变为给国人去喝，没了烟味的也会有很多人喜欢。

由烟小种我联想到有次我曾喝过的一泡出口俄罗斯的红茶，说实话那种浓重的焙火味几乎碳化了的感觉，实在是让我一时难以接受。但是这种红茶做成这样，自然有它的缘由道理，想当年从迢迢万里茶路运送到俄罗斯的红茶，一路跋山涉水加之不可避免的雨雪天气，每到一个驿站商队不得不用火烘烤潮湿的茶叶，所以等到了目的地后，茶叶变得有那么大的烟火味儿也可想而知了，同时俄罗斯人又嗜酒爱食肉，可能这种重火焙过的红茶刚好满足了他们的重口味吧。

英国人那么钟爱的小种，据说当年在其诞生地的武夷山，不但鲜有人喝甚至有很多人都不知道还有这么一种茶，这并不是小种的个别现象，现如今在我们一些著名的传统工夫红茶产区，即使是当地人，你问起来他也未必知道，甚至他就在某茶企里工作，譬如湖红的诞生地安化，白琳工夫发源地福鼎。以前是因为就像黑茶边销一样，红茶做出来几乎都出口了，不知道也正常，而现如今是黑茶白茶火了，以至于没有茶企愿意去做红茶。

所以在当今大消费环境改变的前提下，对于一些传统的茶类，其工艺是继承还是改变，为茶企带来了新的课题及抉择，不能说坚持传统才是正路，或者说进行创新才有更大发展机会，有烟没烟都会有人喜欢或者都喜欢都不喜欢。如果真的是非常用心做的一款茶，即使并不是喝茶之人所喜欢的口感，但至少他会比较认可，认可茶从选料到工艺还是不错的。

就怕那种只为眼前一时之利的改变，最后的结果很可能会把整个这类茶毁掉，哪怕只有几家茶企茶商这么干。这方面虽然已经有过前车之鉴了，以后还会重蹈覆辙吗？或许吧。

茶之我辨

麦爷找我喝茶谈事，他前不久去福建出差买了些铁观音和茉莉花茶，就带了些准备一起泡着喝。见桌上的紫砂壶已经被各种茶泡花了味，我只好跟服务员要了俩盖碗。麦爷买的铁观音薄淡，两三泡下去就没味了。茉莉花茶泡好后一口下去，那股香气呛人，而且嘴里腻的发涩长久不退，再也不想喝第二口了。我说，麦爷你被卖茶的骗了吧，之前听说有不良茶商用香精做假茉莉花茶的，很可能让你遇到了。

茉莉花和铁观音因为其浓郁外放的香气滋味，是大部分刚开始喜欢喝茶的人相对比较容易入口的两种茶。不过一些人喝过一段时间后，会慢慢转入那些茶味比较内敛，而层次更加丰富、耐久回味、包容性强的茶类，或者那些平和淡雅、回味醇厚的茶类。这有些像一个人年轻时热情活跃外显，慢慢进入中年后变得含蓄稳重更有内涵。

虽然不怎么喝普洱茶，但在十几年前在刚开始喝茶时，我就开始接触普洱，因为朋友观止斋王老板开的茶店一直主营此类茶产品。记得当初王老板曾拿出各种产区和年份的普洱给我喝，我那时刚开始接触茶，实在品不出之间的差别。后来慢慢累积下来，不知不觉也有了些许收获。

但我始终没有专注于普洱，因为这里面的水太深了，各种寨子年头印号，让人无从下手品鉴，深感需付出太多财物精力才能有所收益，于是一直在外围徜徉。最近听说之前看过的一些普洱茶的来历及传说故事，居然是为了炒作而编造加工出来的。

做了几年普洱茶后，大概也意识到了品质的重要，于是王老板开始亲自跑到云南的寨子里，全程监制采茶做茶，定做了不同寨子和档次的一批茶回来。因为他做的普洱赢得了不错的口碑，从此每年的三月份他都亲赴云南，监制一批普洱和红茶来卖。真正想做出好茶是要付出心血和辛苦的，泛泛的浮夸、忽悠编故事都不可能长久。

王老板说他曾经为了做一批好滇红回来，特别邀请了一位有着几十年做茶经验的老师傅，亲自监制把关。之前听他提过好几回这位师傅了，前两天聊到红茶，于是被他带到了老师傅的店里。

老师傅一直在武夷山做岩茶、红茶，因为我以前喝烟小种时，不太喜欢传统工艺中的松烟味儿，所以起初对老师傅做的烟小种并没有太多的热情。不过尝过店里的三款后，我立刻改变了之前的感受，并不是松烟味儿的问题，只能说我从前喝的那些不太好。

喝茶时聊到了与正山小种有着直接渊源的金骏眉，说起市面上的鱼龙混杂，老师傅说他这刚好有罐茶是人家拿来让他鉴别的，说着从架上取下来给我们看。他说虽然茶罐上盖有印章，还有正山堂江老板的签名，但这个金骏眉却是假冒的。老师傅还告诉我们，有的商家为了让茶增添甜味儿和看着油亮，会往里面加糖，说完从架上又取下罐茶让我们闻，说这茶就是掺了红糖。

十几年来金骏眉异军突起，很多人都在追捧，只是花真金白银买来的，或别人送来的金骏眉，有多少是真"金"的呢？如果能喝到工艺精致做得不错的也算幸运了，就怕只是其他普通工夫红茶冒充的，还被蒙在鼓里。

曾陆续几次遇到周围朋友号称自己喜欢喝金骏眉，而且还带了茶给大家品尝，其实看看汤色再喝过，我只能说这茶还不错，但后半句"你这不是真正的金骏眉"，只好留在心里不说了。

书画"留白"与茶的魅力所在

"疏可跑马、密不透风、计白当黑",说的是中国书法谋篇布局的一种至高境界;而"留白",让中国画给观赏者,留下了无限的想象空间,无,却胜于有。

一片茶树叶子摘下来,可以做成绿茶、红茶、白茶等各类茶,而且每一类都有着自己独特的外形、香气和滋味,在你看到、喝到它之前,充满了期待与遐想。或许,从叶子到茶的这个神奇变化过程和结果,也正是茶叶的神奇和魅力所在吧。

要说茶的条索、香气、汤色、滋味,可以说黑白不同、疏密有致、境界分别,各入各的眼和口,各有各的好与恶,各有各的坚持或转变。

一款茶的制作过程,犹如创作一幅书画作品,想要把采摘下来的茶叶经过一系列的工艺,做出所期待的好茶,会受到各种主客观因素的影响和制约,诸

如发酵的程度、焙火的轻重，同样需要恰到好处的留白，不足或者过了，做出来的茶就不好喝了。所以制茶师傅也仿佛一位艺术家，既要有精湛的技术，同时更具备一种对好茶之意境的修为。

同样，冲泡品饮一款茶，如同去欣赏一幅书画作品，当然作品有三六九等，品茗者也分对茶的理解、阅历和品鉴能力的高低。书画的淡墨重彩、白描渲染、写意工笔，艺术家各有所长，欣赏者各有所感；而体现在茶上，一方面是红绿青黄白黑择己所好，另一方面同样是红茶，有人嗜好滇红，而有人则非烟小种不喝。

曾经在茶博会上品饮一些北方茶企做的红茶，感觉火味儿尤重，大概是北方人还是喜欢茶之浓墨重彩。对于红茶金骏眉，窃以为或许就是在发酵工艺上的留白与创新，才产生了其独特的韵味。金骏眉成功后，茶企们纷纷仿制，但就像一幅经典的艺术作品，可以临摹到以假乱真，但是最怕的是粗制滥造，最难的却是超越，就算真的超过了或许也只能活在原作的影子里。然而在茶行业里，这却是一个非常普遍的现象，所谓的留白却没有独到的内涵。

在各大类茶里，以发酵程度来看，生普和白茶可以说是留白最大的两类了，尤其是生普，每周、每月、每季、每年它的滋味和香气都在变化着。所以做好了摆在架子上的那一饼饼生茶，给品鉴者留下了无限的遐想和期待的空间，它们或许带来的是惊喜，或许让人感到非常失望。有时候为了能喝到它们转化最好时候的味道，不得不耐下心来一年又一年地去等待。这大概就是留白，赋予生普洱茶的一种魅力所在吧。当然这种魅力需要具有一定的前提条件，譬如茶的产区、选料、存储等，否则留白的结果很可能苍白无物。

留白是一种境界，茶虽不言，但是喝茶的人却能体会。当品饮者的感受与茶之境界天人合一那一刻，你是谁、所喝到的是什么茶、昂贵与便宜，这一切都变得不那么重要了。

有口福

最好一直不要下雨,这是茶农的想法,但是对于菜农来说,他们却希望春天有充沛的雨水。而每年春天下多少雨,并不会因为茶农或菜农的祈求而有多少的改变,遂了谁的心愿。

对于茶农来说,如果赶上这一年的春天没有多少雨水,又没发生旱情,那就意味着,至少为当年做出来品质更优良的茶,有了原料的保障。但是这种天气状况恐怕多少年难得遇到一次,所以如果某天你买茶或者喝茶时,刚好是这一年的,茶农就会说,你很有口福啊。

可是大多数年份春天都避免不了下雨,刚好有几天放晴,赶紧趁机做一些茶出来,如果风向也适宜,真的可以说再完美不过了。如果好天气不多,或许一年中最好的茶也就是这为数不多的几批,喝茶的时候赶上了,那真是有口福。

即使同一片产区的原料也有高下之分，茶园的山头、阴阳、海拔、树龄、树种等，可以出好茶的以及每年能做出来的数量，可能就那么百八十斤甚至更少，而这些茶基本上不会流通到市场上，如果某天刚好拿出一泡品的时候，碰巧被碰上，那你的口福不浅啊。

除了天气因素，茶树原料的珍稀甄选，做茶师傅的手艺加上做茶时候的发挥，也会成为决定一批茶品质的重要因素，即使天气适宜原料不错，工艺如果欠缺，譬如发酵或者焙火不够或过了，也难有好的品质。所以喝到一款师傅超水平发挥做出来的好茶，也是一种难得一遇的口福。

此外还有某茶企某机构在某特定时间某历史事件节点，做的一款限量珍藏品，某字号茶店茶商茶人不轻易示人的私藏，茶江湖传闻中的那些神龙见首不见尾的古董文物……偏巧被你喝到了，该是一个多么有口福之人。

从这个意义上说，作为一个凡夫俗子，我们平时遇到的大部分茶，可能都是泛泛之品，平常心喝了就是了，不必抱怨苛求，也无须感恩戴德。就像在饿了时，吃碗面或者米饭填饱肚子。

所以口福可遇不可求，机缘巧合遇上了实在是运气好。怕就怕真的遇上了却喝不出它好在哪里，甚至觉得还不如自己平时喝的那些茶呢，那就只能说有口福却身在福中不知福了。

北宋灭亡与极尽奢靡的贡茶

看到一篇文章,关于北宋贡茶"龙团胜雪"的,看完后的感觉是,文章的语调和描述,说得太轻松和美好了。

北宋时期给皇帝做的贡茶,多么烦琐耗费工夫,那个龙团胜雪,几万个芽头还不行,甚至要把芽外皮去掉,只取其细细的一缕芯,这制作过程该有多难!同时这种极尽奢靡的贡茶,得花多少时间和银两!据说为了做龙团胜雪,当地官员要倾尽所辖之地的人力物力,来给茶芽剥皮挑芯,那么其他的事情恐怕全部都要放下,春天的农活还怎么做?

给芽扒皮挑芯这么做茶,茶农肯定苦不堪言,下面的监制官也顶着巨大压力,要把贡茶做好,然后送到京城,如果完不成任务,会有丢官甚至被砍头的风险。宋朝亡国,跟这种奢靡制茶之风有很大关系,所以,奢侈茶风之害不能重蹈。

到了南宋，朝廷基本上收敛低调了很多，或许是吸取教训了，或许是没了那么多财力。禅茶茶道应该是那时候传到的日本吧，当年南宋首都杭州，曾是径山禅茶的发源地。号称日本茶祖的荣西，就是南宋时期到的浙江，参拜了当地著名的寺院和禅师，回国后开启了日本茶道之新河。

唐朝末年时期，做贡茶也曾经劳民伤财，而且要把贡茶赶在清明前以最快速度做好，最快速度送到京城，这结果将关系到地方官员的仕途，有的官员就因为贡茶不力被革职。

当时某位监制贡茶的官吏是卢仝的好朋友，有天日上三竿卢仝还在自己的草庐睡觉，忽听院子外面人马喧闹，出门一看，一名军将给他带来三百饼白绢包的加了三道封印的圆茶，官兵首领说这是刺史大人差我们给您带来的。

可以想象一介书生隐士的卢仝，收到贡茶时候的心情，也正是喝了贡茶，卢仝才写出了那首著名的七碗茶诗。但是，现在人们却经常断章取义，只提诗中一到七碗那几句，把它们广而概之附会到喝茶这事儿上面，却只字不提，如果不是贡茶，如果不是卢仝有那么一位监制贡茶的刺史朋友，他怎么可能喝到贡茶，如何写出那首七碗茶诗，表达羽化升仙般的感受呢？如果卢仝喝的是路边摊儿的粗茶，七碗下去，估计也就是灌个水饱吧。

所以，不是你喝过任何茶的七碗都能体验卢仝的飘然欲仙感，也不是你创了一个七碗茶的概念，就拥有了和卢仝一样的境界。卢仝七碗茶诗的境界随着贡茶的消失，如今已不复存在。

这20亿元到底是累坏了炒茶大师，还是谁？

"小罐茶20亿（元）累坏了炒茶大师"，"小罐茶收割20亿（元）智商税"，短短两天迅速开始发酵，无论微信茶群和非茶群，还是微博上，都在讨论这个话题，什么观点都有。

从我专业角度，昨天我给同群的小罐茶某位市场负责人提了个建议，让他们做一轮危机公关。后来在群里见到了篇声明文章，但是，感觉写的避重就轻绵软无力，发出来也没见到稿子起了多大作用。

我的建议，小罐茶先澄清大师炒茶，后续，修改广告词，去掉涉嫌违反广告法的字句，媒体上投放一轮。从企业角度，风口浪尖先做做公关是非常有必要的，尤其在当下互联网时代，即使你小罐茶市场供不应求。这不，大师炒茶事件发酵速度也就两天时间。

这件事似乎是茶客先搞起来的，有好奇茶友算了这么一笔账，就是说，始作俑者是喝茶的懂茶的非茶行业的人。然后，茶行业推波助澜。舆论，各种心态观点角度都有，几乎每个讨论的群里都在说。茶行业外的声音，似乎是并没有一棍子打死的态势，反倒是茶行业内，心态复杂，不乏幸灾乐祸。不仅仅是茶商攻击小罐茶，甚至是一些茶客。估计茶行业内很多人对小罐茶有很多羡慕嫉妒恨的吧，但是，茶客们是一种什么心态呢？

我个人仅从所从事行业的经验，觉得小罐茶本身，卖了20亿元，那是它的能力。同时也说明，市场也是有需求存在的。

小罐茶刚出来的时候，我感受到的是茶商们对它的各种不友好的声音，然后，一边嘴上不友好，一边私下里还得效仿，譬如包装也换成小罐子，因为买茶的人想要。再然后，这种小罐包装变得到处都是。

另外我想说的是，从茶企茶商角度，要重视这些意见领袖，也就是比较懂茶会喝茶的茶客们。

现在越来越多喝茶的人有关茶的知识体系和经验，已经超越茶企茶商做茶的人了，所以再像之前的玩法，无论传统茶行业还是小罐茶这样的企业，越来越搞不定这些人了，而且，他们都是很有影响力的，尤其通过互联网传播。

目前茶行业，几乎都是如何品茶喝茶、茶文化、产品推广这类对外的活动，对于营销，广告公关，市场，广告法食品法，这类的活动很少，茶行业里被"钓鱼"的事件很多，跟这个有很大关系。

茶行业还有一个普遍不好的现象就是，一种自我感觉良好的清高之气，一方面是不能被说的——我就是好，凭什么说我；另一方面，也不愿意去学习其他行业——我就是好，为何要学习他们。所以，小罐茶虽然为传统茶行业开拓了一个新思路新途径，但传统茶商们并不买账，不去思考学习，还觉得你抢了他的生意。

在我从业二十多年接触的无数行业里，对于营销，对于品牌，对于广告公关传播等，茶行业是整体水准很低的。

按一位茶群群友的话来说，同样的喝酒，却没听说过喝茅台的天天攻击喝二锅头的，也没听说过买酒要先尝了再买，更没有见到喝酒的天天泡在酒馆里，可以免费喝酒可以喝到醉可以起身拍屁股走人。你去饭店吃饭点菜时说不知道你家菜好不好吃，需要先试吃再决定买不买，等服务员甚至老板伺候着你一盘盘吃完，你说回去想想，他们还会对你笑脸相送，说有空再来吗？

但茶行业里这种现象却很普遍，因此说，茶圈就是个怪圈。所以，出现小罐茶事件，被各种攻击也不足为奇了。这20亿元，是不是我们都可以从中学习领悟到些什么呢？

到底一年四季喝什么茶、
一天什么时候喝茶，才利于身体？

　　跟朋友在云南做茶那阵子，有时候一天要跑好几个寨子，每到一个初制所，试的茶经常都是刚晒好的普洱生毛料，抓那么一把往盖碗里一放，开水一浇泡好出汤开品。导致后来常常是我喝生普的时候，茶汤的味道让我脑子里不由得就会浮现出茶山的情景，闭上眼睛仿佛意识和身体分处两地。不过这么喝了几天胃有点受不了，赶紧弄了点滇红泡了大枣调理，之后再去试茶的时候我也不敢多喝了，浅尝辄止。

　　上学那时候吃饭不定时定量落下了胃的毛病，很怕生冷寒凉。好像是十几年前那会儿有朋友跟我说，喝红茶对胃比较好，刚好那阵子胃也不舒服，于是从朋友茶店里买了盒某工夫红茶。早年间也曾买过立顿的袋泡茶喝。之前家里还有过两小盒"红岁"（不知道这个牌子的茶是否还存在着），不知道茶是怎么来的了，只记得喝的时候觉得口感还挺喜欢的，只是因为是红碎茶泡两次就没味儿了。

　　慢慢地对茶接触多了，了解到民间普遍的说法是，红茶和熟普、黑茶比较适合胃虚寒的人喝，绿茶、白茶、生普、青茶的铁观音比较性凉，最好少喝。我以前虽然喝绿茶不多，但只是觉得品种多无从选择，跟所谓寒凉没太大关系，后来这倒成了一种心理忌惮。也有过因为品茶而喝了不少绿茶的情形，好像当时并没有觉得胃部不适，大概茶好的缘故吧。不过曾经犯过两次胃病倒是跟喝绿茶有关，都是一大早跑到客户那儿开会，喝了几泡纸杯子里的绿茶后开始闹肚子，事后回忆起来大概早上遭了凉是诱因，刚好都是在秋冬，有次是出差衣服穿少了，当时也没太在意。如果那会儿有一壶热乎乎的姜红茶或者煮壶老寿眉喝下去出出汗，估计就没事儿了。

　　白茶我曾经春天喝的时候多，尤其觉得嗓子不舒服仿佛要感冒，于是赶紧泡白茶压压。记得白茶刚刚出现炒作苗头的时候，我没太当回事儿，从朋友店里拿的白茶基本都喝了,根本没意识到要存一些。后来因为快喝完了去到店里想再买些,朋友说那批货早没了,而且现在同价位的基本上也拿不到那么好的了。最早铁观音还没泛滥的时候我也经常喝,那个时候还能见到绿叶红边,也没像大家普遍反映的时间长了胃疼,大概技术原料都还过得去吧,过了两年我就不喝了,觉得味道越来越不对了。

六大茶的温凉似乎还挺有争议的,曾经看过一些业内关于红茶和绿茶到底谁伤胃的文章。民间最普遍的说法大致是夏天适合喝绿茶冬天适合喝红茶,容易上火的多喝绿茶胃怕凉的适合红茶。此外还有春秋及一天的上下午晚上,不同时间段适合喝什么茶的一些说法。

刚结束的农展馆茶博会最后一天上午,我被推荐在品鉴会上分享了一些个人对于红茶的体会。最后的互动环节,有很多茶友提问,其中一位的问题,就是关于一年四季及一天什么时候适合喝茶,我从他的问题内容感觉,平时也常听说类似这种夏冬红绿的说法,但似乎心存异议。

我回答说从我个人喝茶的时间,好像一天没有限制,晚上也经常喝茶,本来要早起来讲茶但是头天夜里照样喝了,不过也没怎么影响睡觉,当然经常喝茶的人身体适应了不大会影响睡眠,更何况喝的是清淡些的茶。英国人当年一

天各种时间段都要喝茶，甚至早上一睁眼就喝，二三百年过来人家也活得好好的，现在像印度、斯里兰卡等很多饮茶大国老百姓更是这样。一年四季的话，如果喜欢红茶或者绿茶其实都可以喝，如果怕上火可以调饮，或者说各种茶换着来喝，甚至可以把绿茶红茶白茶生普调在一起，这些我都试过。

虽然茶可以养生保健，但我一直不太赞同茶行业对于茶叶医药功效层面的过度宣传，有的甚至夸张到喝茶可以包治百病。可是毕竟茶叶本身不是药，而且它的养生保健效果需要长期坚持喝才能显现出来，否则世界范围内早把茶列入药品类了。

至于喝茶是否会影响到吃中药，关于这个问题还真的几次请教过医生，因病因人而异具体对待，并非一概不能喝。有几次身体有毛病要吃中药，于是咨询大夫是否需要忌茶，医生说你喝红茶不影响，跟吃药的时间隔开一两个小时以上就可以了。

茶品 到底一年四季喝什么茶、一天什么时候喝茶，才利于身体？

茶悟

如果一个人只是件容器

一把壶,可以只配一个杯子,也可以配很多杯子,哪怕它们并不成套。其实杯子有多少无关紧要,重要的是,从壶里倒出来的茶,是不是还说得过去。

不过是一袋劣质的茶包

把花果、香料与茶叶,按比例进行调配,制成不同风味的混合红茶;在煮、泡好的茶汤里,适量加入糖、牛奶或蜂蜜、冰块调饮;这是欧亚一些国家喝红茶的很普遍的方式和习惯,而他们也更喜欢这种经过混、调后的红茶形成的不同香气和味道。

在我们国内的咖啡馆、西餐吧、面包房和快餐店里,也提供红茶饮品,而且基本仿照国外的调饮方式,并冠以皇家、伯爵、奶茶等名目。但它们很多是用袋泡茶调出来的,而且加进的糖和柠檬因量有些多,几乎掩盖了原有的红茶滋味,口感只剩下了浓重的酸甜。

超市、便利店里卖的瓶装红茶饮料,虽然这个叫柠檬那个叫冰红,而且尽管号称用茶原叶加工而成,可无从知道是否如其所说。就算配料里真的加了,

那点茶量实在微不足道，喝起来更像酸甜味道的凉水，冰镇后大夏天的去暑倒也凑合。

而在有的茶吧里，为了省成本，红茶饮品干脆拿茶粉、香精、色素勾兑，根本不是真正的茶叶、糖、奶和水果原料加工出来的，人们喝进肚子里的东西，差不多就是化学试剂的水溶液，欺骗舌头而已。

这不由得让我想起茉莉花茶，北方人特别喜欢的一种茶叶，他们常浓浓地泡一大缸子或一茶壶，喝起来特别过瘾的样子。

在有的茶叶店里，像吴裕泰、张一元，茉莉花茶的等级会有几十档之多，从几十块到几百块再到上千块的，如果不是行家或者成年累月喝它们，有多少人能喝出来二三百块与三四百块茶之间的差别呢？其实好多人也不是太品得出其中的门道，他们只是喜欢那种带着花香的茶味儿。

据说有不义贪财商贩卖的茉莉花茶，是用香精熏出来的味道，那些不懂的人，只是闻起来觉得香气很浓，便认为这是好茶了。

前些天和一个朋友谈事，约在了CBD附近的某著名法式西饼屋。点了杯红茶，喝了口后味道让我直摇头，怀疑里面的红茶要么已经泡了几过，要么就是茶叶很差，后悔没跟朋友一起要咖啡。

朋友不知是被哪个话题引起，聊着聊着忽然提起了他的老板。

他说他的老板交际面很广，谈生意有一套，对钱也不抠门，但唯一的缺点就是，常重用不靠谱的人，曾先后几个项目就因看人不准，投资多花了不少冤枉钱，但人是他自己选的，只好吃哑巴亏。老板虽然每次都决心吸取教训，但是类似的错误过段时间，换个形式还会再出现。

我问朋友，他的老板为何经常看人走眼。朋友说，老板挺爱惜人才的，又有些文青气质，碰到那种貌似有才能的人，尤其是比较善于表现的，如果又喝多了酒，就特别容易冲动，以为自己遇到了千里马，甘当伯乐。

其实有的人才华能力挺一般，就如同一款本身底料很普通的茶包，但他很善于用一些比较易显摆的花哨东西，仿佛香精般去勾兑，并贴上各种的标签，如同装在漂亮的茶具里，以掩盖自己底蕴的不足。如果一时被其表面吸引迷惑，很容易失去判断，等过段时间通过事实的品判终于看清楚叶底时，代价已经付出了。就像朋友的老板一样。

虽然伪装的才能在细品之下还是能够察觉，但有的人就好这一口，而且他自己差不多也是同一类的。或者有人因为阅历、眼力还不够,就像平时只是泛泛喝些茶并不太懂,而且也没有尝过那种品质高的,拿给他掺了香精色素的,看着光鲜的条索他还以为遇到了珍品。

现在市面上有各种号称专家的人,有的不过是借各种名目炒作出来的,水平能力毕竟有限,如同用一些添加剂勾兑出来的茶叶,经不起细致地品味。但愿我们不被其华丽光鲜的外表迷惑,早一些辨别出,他不过就是一袋劣质的茶包。

一个人要有种可以陪伴到老的嗜好,譬如喝茶

　　填简历兴趣爱好一栏,通常写唱歌、跳舞、书法、绘画的人会比较多,近几年渐渐多了品茶、茶道,但是其中年轻人似乎并不多,他们尤其喜欢的是唱歌跳舞,所以但凡有选秀节目时,现场报名海选的都是乌泱乌泱的人,虽然茶艺赛事年轻人也很多,比起前者实在有些小巫见大巫。

　　但是唱歌这爱好平时玩玩,没事去K歌娱乐还是挺痛快的,要是把它当事业可就不容易了。我在这里不想讨论理想与现实的问题,只想说的是,不管是职业还是业余爱好,如果能够坚持到老,即使唱不动了心中依然喜欢,也是件不错的事情。

　　与唱歌相类似的是,人们更喜欢听音乐,从以前黑胶、磁带到CD、MP3,再到网络音乐,载体跟着也发生了很大的变化。有的人随着听歌衍生出种种爱好,如收集老唱片、磁带,或者留声机、录音机,到了一定数量后也很可观,而很多人并不是想以此赚钱生财。

　　大多数人随潮流变化而变化，而且随着年龄增长，很多人对新生事物越来越不能接受，于是我们会发现年龄大一两轮的长辈唱的歌，多为20世纪五六十年代的流行歌曲；估计等我们老了以后，年轻人也会这么看我们。

　　但是茶呢，就不会这样，喜欢喝茶后发现，一款茶可能上至五六十岁下到二十几岁的年轻人都会喜欢，所以在茶店和茶会上，我们经常会遇到年龄跨度很大的一群人坐在一起品茶，茶消除了人与人之间年龄的界限。

　　以前我不知道父母有什么爱好，后来通过亲戚、长辈，才了解他们年轻那会儿居然也喜欢唱歌跳舞，而且父亲还会拉小提琴和手风琴，后来为了忙生活都放弃了。

　　自从我们上学在外，闲下来有时间了父亲又开始读书，而且还写小说，虽然内容差强人意。有时听父亲给我们讲他小时候经历过的辽沈战役长春打围，我说没事把它写出来多好，留给后人看看，父亲听了还真当回事，开始着手去写。但是父亲的爱好母亲一直不支持，从来都是泼冷水发牢骚，钱物上投入更是不舍得。

感觉每个小区都似乎有一群无所事事的老太太，要么凑在一起说家长里短，要么扎堆儿跑到超市往家搬打折的东西，或者去听所谓的健康讲座、参加所谓的"公益"活动，用大把钞票去买回来一堆的所谓神药或者理财产品。如果这些老人喜欢喝喝茶，经常聚在一起开个茶会，就不会去听讲座花冤枉钱买没用的保健品上当受骗了。

记得早年当老师那会儿，校长看我有空喜欢练字画画，就对我说将来找个支持你爱好的媳妇，至少你看书时她不会抢下来给扔到地上。校长已经无法知道的是，媳妇不仅不抢我书，也没把我存的那些茶给扔了。

最开心的，是儿子居然在我没有任何特意培养的情况下，无师自通对茶开始有了兴趣。先是在很小的时候，那时候他还不能喝，于是打开包装挨个去闻，神奇的是闻过的都能记住里面装的什么茶。再大一点，他经常把柜子里所有杯子都拿出来，在地上摆成排，说他在开茶会。再后来就想亲自动手泡了，有次一个没留神把我的一小包老黑茶拆了包装，都扔进水杯了，我说儿子，爸爸的茶好贵的啊。但我也并没有因此责骂他，因为难得儿子喜欢。

刻意捡漏，莫若自己创造机会

电视鉴宝节目里，经常有人拿着自己的藏品，说是捡漏得来的，自己曾经考据或者找专家鉴定，谁谁真品或某某年号真品无疑，最后鉴定的结果，可以说冰火两重天，有人真的捡到漏了，满脸抑制不住的欢欣，有人离开时垂头丧气，没有了来时的自信满满。

捡漏这种事，前提是有火眼金睛，且凭的是一种运气，天上掉馅饼的概率，所以心态尤其重要，而且捡之前要三思，为何自己会如此幸运？但是很多人都是心存侥幸，觉得自己运气太好，抱着赚到了、从此发横财的心态，被眼前的利益冲昏了头脑，结果上当受骗，想占大便宜却吃了大亏。宝贝不是没有，但是成了漏被你捡到的就鲜有了。

老茶也是，各种印、各种号、各种年代，都知道是好东西，都想弄几饼搁在家里存着。可是老茶这东西跟淘古董捡漏一样，就像大海捞针，又得慧眼识

珠，还要火眼金睛。如果被你某天"幸运"地遇到了，无论价格高得离谱，还是商家很便宜忍痛割爱卖给你，这事儿都得思前想后认真琢磨琢磨了。那么少见的那么贵的他这么舍得卖给你，他图的是什么？

前些年一次偶然的机会，曾亲眼见到一位茶友家里收藏的各种印级的老茶。

那天我们几个朋友冒着雨，饭也没顾得上吃，开车直奔那位茶友密云的住处。到了后，这位茶友打开柜子以及一间专门存茶的屋子，给我们看他收藏的部分印级普洱茶。说实话，我们都不懂得如何鉴别，而且对我们而言，之前谁也没见过真的各种印级的普洱茶是什么样子，何况还有好几种。

据说这位茶友有如此之多的印级茶，纯属他下手比较早捡到了，当年他开始搜集普洱茶的时候，还没有什么人把它们当作好东西，价格也相当便宜。这位茶友当年炒股票赚到钱了后，一个偶然的机会在云南接触了普洱茶，那个时候他并不知道市场会变得这么火，只是觉得这东西还不错，关键是手里还有很多闲钱，于是开始到处去搜罗。

现在他家里存的这些普洱已经是很少的一部分了，当年淘到的那

些茶，大都让他送人了。他说他经常在车后备厢里放一件茶，有时候去拜访客户、朋友的时候，就把普洱当礼物，他说当年这东西一件贵的也就几百块钱。

等普洱市场开始升温时，他存的绝大部分的普洱都送出去了，他也不好再跟人往回要了。现在家里还剩下一些，没事的时候拿出一饼撬开喝喝。那天我们还挺幸运，刚好他在喝两款老茶，有种还特意用我们给他带去的陶罐煮了喝。感觉跟以往喝过的那些所谓的老茶似乎都不太一样，至今还能回忆起当时的一些口感滋味，后来也没有再喝到过相似的。

要说当时看到那些老茶的时候，新鲜好奇心多于艳羡，就好像去博物馆看文物，知道里面的东西不属于自己更拿不走，于是就认真地去观赏。这位茶友也够大方，任由我们去翻看他柜子里的那些茶饼。

虽然茶友那一屋子的老茶，有些偶然得之的幸运，但是如果当年不是因为热爱，一门心思地去搜集，这些茶也不会成为他的了。同时当年得到他赠送的老茶的人，应该也算是幸运的吧，只是不知被送的人是否知道那些茶如今的价值。

所以，与其到处碰运气去刻意捡不靠谱的漏，还不如坚持专注地去做一件事，为将来的自己创造出几个漏出来，譬如每年都收藏些你觉得有升值空间但字号没那么有名气的茶叶，或者紫砂壶，或者书画作品，或者其他什么的，也许十年、二十年后，你手里拥有的，每一件都变成真正价值不菲的大漏了。

没有自己的思想，就如同一泡无味之茶

有次与一位茶友聊天，茶友说起某次茶会上听我聊感想，觉得讲得很直接，言外之意是我很敢说。我回她说我这个人其实很较真儿而且比较直爽，有啥说啥，所以容易犯口业得罪人。邻桌的另一位茶友闻听此言，起来附和说：我和黄大就曾因为茶的话题犯过口舌。我说是啊，不过现在好多了，以前没少在微信上打嘴仗。

这差不多是以前我很长一段时间的状况，在朋友圈和群里看到别人转发的一些东西，尤其是来路不明、鸡汤类、有谣传嫌疑的东西，我都会忍不住去说上两句，这里面当然包括涉及茶的，那种互相抄来抄去的口水文字，有很多不严谨甚至是谬误的知识、观点和内容。

话不投机半句多，搞不好就会吵起来。慢慢地我发现，朋友圈和各种茶群里，还是不过脑子、人云亦云的人占到一定比例，或者说他的认知和理解就处在那个频道，而且绝大多数人也不会因为你善意的提醒或者有理有据的分析而有所改观，弄不好还适得其反。所以我常常把已经写到一半的留言，犹豫再三最后又删掉了。但还是有忍不住的时候，譬如有次我发现某个公众号发布的一篇关于红茶的文章，通篇不严谨的地方有好多处，于是一一指出来并提示说，这么写不负责任而且容易误导读者，建议改正后重新再发出来。可是公众号的主人，对我的留言没有任何反馈。

自己有些观点和看法终究想要表达的，那么我就写文章吧，把想要说的直接写出来。曾在朋友圈看到某茶友转我的文章，说黄大的文字总是那样的直言不讳，第二天我想问问有啥留言没有，结果文章找不到了，不知道是不是因为被评论了什么，转发者耐不住只好删了。

除了在微信上，开红茶会的时候，我也特别喜欢在讲茶的过程中，表达自己的一些看法。当然在别人的茶会上现在我比较克制，基本上不多说什么，即使有不同的看法；当然我偶尔也会冒出几句让茶友们觉得我挺敢说的言论。我自己的茶会就无所谓了,常常一个主题或者茶友的问题如果引发了感想,就顺势阐述我的观点。

有次茶会,大概我讲的东西让在场的某茶友有异议吧,不过她当时也没有具体说什么,只是简单表达了下如果她开茶会她会去讲她的观点。大概也如我一样,在人家的主场不想多说什么。不过散会了后一起离开的一位茶友说,她其实挺喜欢参加我讲的这种茶会,因为有自己的想法,如果是那种内容都能百度到的,还不如不参加。

当然这种在茶会上讲与写公众号茶文的表达方式,尚可以由着性子信马由缰,讲错了写错了或者听、读的人有异议,会即时互动。但是如果是编写与茶相关的书籍的话,譬如当初写《第一次品红茶就上手》,却真的是非常的小心谨慎,常常因为一个知识点拿不准,就查找很多资料去勘正,实在无法确定干脆就不写这个内容了。这不像在开茶会,拿不准说了也就说了,如果有误可以探讨可以事后道歉更正,可是书不可以,已经印好发行出去了,总不能因此而把书都再收回来吧。

所以学术性的就要严谨,科普型的尽量通俗易懂,表达观点最好有理有据,提出异议时不要进行人身攻击,回答问题要平心静气,对事不对人,即使争得面红耳赤也没什么不可以。如果开茶会讲茶,PPT都是网上拷贝下来的,讲的时候又都是一句句地照着念,仿佛一个复读机,那还不如打印好了一人发一份,大家边喝茶边自己看呢。

熟能生巧、巧而生美的前提，必须心有热爱

曾经网上一段小学生弹吉他的视频点击率颇高，视频下很多人留言说自己是"跪着"看完的，还有人说把自己吉他砸了，如果真的有人"跪了"我信。一个小学生能把吉他弹成那样，献上膝盖表示膜拜也应该。

当年上大学那个年代，正值年轻人玩吉他组乐队的风潮盛行，其实有的人并不是真的热爱吉他，他们只是为了去吸引异性。有年毕业季，一男生在女生宿舍楼下弹唱求私奔，据说很多女生恨不能自己跑下楼，可是那个被追的女生始终没露面。

吉他想弹好了是个苦力活，必须每天练几个小时，天天风雨无阻手不能停。要说视频中的那孩子确实励志，让你之前练不好的任何理由都不好意思再提了，一个小学生都能做到，你却不能还找各种的借口？视频下有条留言，说他把视频转发给了朋友，有朋友看到后打电话问他什么时候准备再组乐队，然后他一晚上没睡。

之后又看到了另一段视频，跟弹吉他无关，是各种案板厨艺功夫的集锦，譬如和面烙饼、切菜、包三明治等，一气呵成、游刃有余又韵律似舞蹈，食物还没吃到，眼睛已经先享受到了。

想必这一连串的动作已经重复做了无数遍，而且依然每天不停地重复做下去。相信大多数人在越来越熟练的过程中，也变得越来越机械麻木无感，视频中的人却是将之逐渐演绎成一种艺术，本人乐在其中，无意间被他人瞥见，被人艳羡。

之前的某一场茶会上，大家聊到了茶艺师泡茶技艺，看似简单的一套动作，从拿起碗盖、提壶、注水、盖盖、放壶、出汤，有多少茶艺师能够做到一气呵成，干净利索中间没有半点多余，而且注入的水又刚刚好不溢出来？虽然大多数看起来很美，但是能做到这种整套动作如行云流水，恐怕私下里要无数次重复吧，不知道有谁曾经这么练习过？

俗话说熟能生巧，但是由生到熟往往是一个漫长且枯燥机械的过程，一首曲子要反反复复一遍一遍地练习，最后才能演奏出来。而对于同样用吉他弹同一首曲子来说，演奏者之间的区别，就如同人和机器，后者只是按程序丝毫不差地执行，美则美矣，但却没有丝毫的情感在其中。

还没等到第二泡，人已转身离去

此前我所在的某家公司的老板，当年从老家跑到北京闯荡，他拎着箱子出了车站正准备过马路的时候，对面走来一男人，啥也没说上前对他就是一脚，老板很意外，不过他却没有生气，没有跟那人理论或者还手，反而等着对方再踢下一脚，那人没踢转身走了。老板没有理会那人，寻路直奔目的地而去。

我曾经把这件事讲给朋友听，有人说踢老板那个人是来找他讨债的，上辈子欠下的。老板没有跟他理论就对了，踢完与他两清，从此谁也不欠谁的。

另一家公司老板也遇到过类似的事情，却是用了相反的处理方式。当天夜里老板陪着客户吃完饭出来，路上遇到两个喝多的人无缘无故骂客户，客户在公司里是数一数二的人物，平时哪儿有人敢骂他，加上也刚喝完酒，受不了那个气于是乎上去开打，老板一看这个架势，只好和另外两个人一起加入了群殴，打架的混乱过程中，老板把他的手机弄丢了。

这其实还不是重点，第二天上午公司有重要的活动，前一晚打架导致老板没有在预定时间赶到现场，而且偏偏那天当地分公司负责人的手机没电了也打不通，于是有本来邀请到场的嘉宾，因为他们两个人的电话没法接通，只好取消了行程。同时在现场的我也非常被动，因为两个主角都不在，重量级嘉宾无法对接，开场时间一而再地后延。

前段时间茶群里有茶友，因为普洱的那次方舟子文章事件引发，彼此一直争执不休，其中一方几乎上升到了人身攻击层面。其实我已经在群里和私下劝过，适可而止，对方说什么不回就是了，可是劝了也没用，茶友忍耐不住还是要说。于是作为群管，我不得不直接干预了，并且特别贴出来群规以示警告。

之后让我以及大家都没有想到的事发生了，其中那一位茶友，直接开始骂街，不仅在一个群里。我当时有些意外，因为在茶群这种场合里以前从没有过直接开口骂人的，我看了一眼放下手机，继续和茶友们喝茶。后来我听说，连带多人一起都被骂了一顿。

后来有茶友问起这件事,我说我没回骂并非不生气,但如果骂回去,这事儿肯定没完没了,最关键的是我不能跟他一样,让别人看笑话心生鄙视。之前他还想和我们茶会聊以后长期合作的事,这一骂就此断送。

有个关系很不错的茶友,大学就是学的茶,这么多年下来对茶行业也算是有感情了,有次聊起来为何她改行换了职业,茶友说,不喜欢这个行业的戾气。或许这是她个人的感受吧,不代表其他人。

说到"历史""文化",说到"道",说到"禅",说到"修行",好像没有哪个行业能够比得上茶,可是同时这个行业也可以说是不靠谱的故事传说最多的一个行业,而且如果你觉得有问题想公开去表达且要三思而行,否则像我这样忍不住的就会得罪人。

白茶升温后一些本来不是经营白茶的茶店,不仅卖上白茶而且一下子冒出来很多老茶,有的还是所谓20世纪八九十年代的,几大缸几大箱的量,说收拾库房时发现的被遗忘的存货。还真有人相信。

想起几年前在一家做政和茶的店里喝茶，来了位店主的朋友，说她遇到一个推销老白茶的，几十块一饼一共有几千饼，她想收，就咨询店主那个茶靠不靠谱。店主反问道，那个价格那么大的量，你觉得呢？

有个做茶的朋友曾说过，如果一个行业里的人几乎都在作假说假卖假，造的这个共业迟早要遭报应的，就像那句网络流行语说的"百因必有果，你的报应就是我"。虽然你属于其中比较不同流合污的，但是身在行业中很难独善其身，即使你的茶没有农残没施化肥，即使你的茶确实是库房的货底，到时候你跟买家说，他很可能觉得你也在编故事。

所以，即使白茶与其他五大茶从占比上看，有着很大上升空间，即使行业内都比较看好，即使各个层面都在发力，但是如果都按照这个玩老茶的路数搞下去，个人真的有些担心白茶会蹈铁观音的覆辙。

茶是越喝越明白的，被骗了一次可能还没搞懂，但是并不意味着可以这样一直骗下去，消费者不会像那位老板一样，被踢了一脚后还等着你踢下一脚、下下一脚。到时候都不用他们抬腿踢回去，只要转身弃你而去，之前的好日子就此结束。

一个行业不可能靠编故事和传说一直撑下去的，五彩波澜的肥皂泡梦境，总有一天会破灭，怕就怕消费者已经醒来，你自己还沉醉在自己造的梦幻里，露出甜美的微笑。

如果可以骑着共享单车去共享茶馆喝茶

有了共享单车后,去马连道喝茶变得特别方便,各个茶城间不用靠双脚走了。这个东西为何没有早点出现呢?如果十年前就有,就不担心动不动马连道里面堵车了,也不用晚上着急走怕赶不上末班公交了。很多时候还没喝到最期待的那一泡茶,却不得不提前离席,因为再喝下去就只能打车回去了。那个时候也没有滴滴,打出租车回去要百八十块钱,差不多可以买二两茶了,实在是不愿意。

所以现在晚上喝茶就从容了许多,骑辆共享单车直奔地铁站,不用等公交了,就算错过末班地铁,大不了叫滴滴打车回去。

说到茶和共享,其实也可以搞个共享茶馆,空间和茶具共享,按时间收费,无论为了喝茶还是谈事,点开APP,看附近哪家有空位就可以预约一下。

大多数时候,办公室里没有泡茶喝茶的空间和条件,茶馆以及咖啡店的茶又不好喝还特别贵,自己带茶过去也要付钱,总去朋友店里蹭茶又不合适。如果能够把茶馆咖啡馆共享一下,应该很便利吧。茶馆不用再担心没有客源,喜欢喝茶者也不用犯愁找不到合适的地方了。到时候约朋友谈事或者喝茶,随身带两泡茶就好了,骑上单车直奔而去。

如果共享茶店能搞起来,是不是可以让现如今冷清的马连道各茶城,又开始变得人来人往热闹起来呢?

还是现实一点吧,茶人们

在一个微信群看到一篇文章,标题大意是某朝某宗如果活到现在见到某某的朋友圈也会点赞,我知道作者要表达什么,但我深不以为然。我们的茶人一点都不面对现实,还靠想象活在已经变成过去时的那个茶时代。

就像那篇文章说的某朝某宗,估计他老人家活过来看到我们做的茶叶,首先一定是一脸诧异,这是什么鬼?我倒不是对那篇文中提到的某人某茶有什么意见,也不是反对我们动辄拿唐宋说茶。传播茶文化聊聊唐宋元明清民国很有必要,但是这东西谁都拿来说,而且说来说去还是那一套东西那就让人觉得腻了,更何况对卖茶基本上起不到多少立竿见影的效果。除非那位某朝某宗又活了,可能会引来乌泱泱的人来拍照打卡发朋友圈。茶顺带来一盒?二三十有可能,两三百得想想,两三千那回见吧您。

这就如同一个做数码短版印刷的企业,偶尔在公众账号上写写造纸术印刷术毕昇活字印刷激光照排还好,要是总写这个而且行业内大家都写,同时抄来抄去也写不出什么新意,大家还会有兴趣点开看吗?

更何况时代在变迁,物不是人亦非,那山上的茶树即使活到今天,叶子也不是当年的叶子茶也不是当年的茶,制茶的工艺等已然更迭无数代,就算是完全复原古法,也不可能是那个味道了,即使是又如何,谁来证明用什么证明你做出来的号称龙团凤饼的茶?如果没有那个某宗起死回生喝了点头认可,那谁敢下结论说就是那个味儿?现代人就一定会喜欢认可?就一定卖得好吗?

当然从唐宋挖掘一二,创造出一个现代茶产品或者茶的消费理念也未尝不可,国内的市场足够大,总会有它的受众群体,但或许也就这么一部分群体,玩大了挺难,因为能够拿来消费的东西实在不多,故事传说人物事件,被反反复复分食,就好像一壶茶,续了好多遍水后,即使内涵再厚重,也泡的没啥味道了。何况你装在历史文化这壶里的茶,实际上并没搞出来多丰富的内涵。

曾经看过一篇文章,说白茶诞生在五千年前的神农时代,再之前参加某茶会，茶企介绍红茶诞生的时间，其推断举证居然是根据家谱。再再之前听说普洱的号记创制时代的造假，时间生生给往前推了很多年，某号记的后人最后实在看不下去了，站出来声明证伪。为了商业利益，把根本还存在争议甚至不存在的东西瞪眼说成定论，这样做真的好吗？

白茶普洱的老和陈，有它的市场空间和消费群体，这属于一种时间概念的消费，卖的是茶的过去时，但是我不知道如果老和陈成为一个市场主流的话，这些茶躺在仓库里要多久，最终有多少可以变现，谁是真正的受益者，对行业发展有多少推动作用？换个角度来看，这种过去时的贩卖，要付出多少时间和金钱的成本才能兑现？

而我想说的是，就算是陆羽在世，唐宋元明清民国那些大咖、皇帝都活过来，就算是天天给消费者讲茶经讲古代那些茶的历史文化，就能立竿见影，把店里仓库里的那一箱箱茶都卖掉吗？

可是茶堆在那里不卖掉不变现，茶店租金没有着落，还天天讲唐宋元明清的，这么下去能够撑多久？所以茶人们，还是现实一点吧。

几条小小群规都不能遵守，还谈什么修心精行

因为公司业务关系，建了几个大群后，管理就成了当务之急，所有群里常见的问题都冒了出来，发小广告的、拉人头的、转发各种信息及乱七八糟表情的，等等，于是一些人不胜其烦退群离去，本来应该留住的却没能留住。

几乎每个人微信里都有一堆堆的群，要么半死不活要么如僵尸一般存在，要么就是这种混乱状态。品茶的群、茶友的群、茶主题的群也是如此，别以为都是喝茶喜欢茶的就雅致清和彬彬有礼，其实跟别的群没啥区别。微信里被拉入的茶群大小有几十个吧，个人比较喜欢的还是北京茶友会的，因为相对管理很严格，秩序井然。

其实茶友也不好管理，进群告知了群规或者犯了群规被警告，大多数人比较理解能配合，但有的人会老大不乐意，有的干脆直接退群了，还有的一犯再犯只好送他出群。

有时我有点想不通的是，一个群好比一间屋子，里面少则几十号人多则五百号人，不管理的话，可以想象出群内会有多乱，群主制定的群规当然要遵守，就如同你去了别人家里，不能像在自己家那么自由随意一样，很浅显明了的道理。

我想说的是有些人以茶人自居，经常发朋友圈，又是文化又是感悟又是境界又是正能量又是鸡汤，可是在一个茶群里居然不能遵守群规，而且还说不得，犯了群规被警告后有的还颇有微词，这种人对人对己反差如此之大，是个什么道理？

茶友会的一群二群还好，三群因为有一部分群友是群主的客户，所以管起来有颇为忌惮的感觉。其实越是群主的好朋友或者客户，就越应该支持和带头遵守群规，不要让群主为难，以至于没法再因此去管理其他的人，否则只能让群主立于尴尬之地。

想起前些天一位朋友跟我说起来的一件事，北京因为最近在开会，对于航

空及机场有了一些管制，朋友的老板出差回京时私人飞机被限制落地，只好降在天津。我对朋友说你老板为何不通过关系落在北京，朋友说老板觉得没必要，不想让关系人为难，更不想给自己找事。

　　不由得对朋友老板心生赞叹，这才是有大局观的人。联想到那种在茶群里无视群规刷存在感的人，不知道平时茶杯里的那些鸡汤，都喝到了哪里？

管理好时间，多读书喝茶少玩手机

算起来大概四五十本书吧——我们直播嘉宾说这是他大概一年的阅读量，我听完挺汗颜，因为自己这两年能读完十本就不错了。不想用忙、没时间等为借口，尤其是这两年并没有那么忙，而且以前很忙的时候还利用各种时间，在读了很多书的同时，还写了不少文章。

不够勤奋懒惰是主要原因之一，同时发现手机是个非常耗费时间的东西，前两年经常会把朋友圈和群看一遍，但渐渐发现特没营养，每回都要几个小时下来，有这个时间还不如用来喝茶读书，所以现在几乎很少花时间去关注朋友圈了。

真不觉得朋友圈里有几千几万人，有几百个群就能够如何如何，红利的峰头已经过去，各种套路使得差不多了，得不断玩花样出来，加上经济形势也不乐观，所以看到人家赚到钱的方法，你也来试就未必有效果，不过我们人口多如果动手早的话，总还有新的机会。

但是通常情况下，等你动手时已经被筛过好几轮了，基本上不仅榨不到油水，还可能把老本都搭进去。所以看到茶群里的那些各种茶会各种拍卖各种抄来抄去的文章，觉得都是白费力气。

有没有效果不用讲都知道，因为几乎是圈子里自己在玩，茶群里有多少是真正的消费人群，而且重复性还很高，在每个茶群里你都能发现若干熟面孔，同时茶会也几乎是同样一群人在串场。所以想卖掉产品的初衷常常实现不了的原因之一，就是他们虽然把茶喝了，但并未产生多少购买行为，你的茶和付出很可能做了无用功。你觉得可以先让他们有个印象，以后有机会了才会被推荐，可是，那么多那么多的茶，杯子一放，脑子里能记住多少滋味？

购买力饱和了吗？实际并没有，但是按照之前的套路不行了。年后去了几次马连道，看到"茶缘"里显得比较冷清，而且有几家空了有几家在出兑。逛到一家比较熟的茶店，老板忙了一阵在休息，他说刚包了一箱子小青柑，据说这个茶的风头现在到了三四线城市，还能火一段吧。

问他接下来什么茶会热起来，他说感觉应该是那种喝起来比较简单的吧，像小青柑这种泡在杯子里就可以的，毕竟很多人喝茶的环境还是比较简单，没有这么一整套的茶具和大块的闲暇。我想了想也是，平时在公司上班，喝茶也就一个飘逸杯，很多同事甚至就用那种便携杯。

而且现在人们对茶也越来越懂了，不像以前要讲很多，现在客人一喝大概就有个判断了，所以品质过得去价格还可以，通常比较好卖一些。

回到文章开头吧，我问嘉宾平时都读些什么书，他说有一部分书与工作相关，平时工作接触到了新的东西，不明白于是就找来相关书籍。要说他也是名老司机了，依然在不断读书学习。套用一句歌词，不是我不明白是这个世界变化快。

如果还像以前那样活在自己的小圈子里，等着买茶的人找上门来，估计越来越难了，除非你会玩有很多招数宣传自己，譬如，自己写本书。如果实在办不到，那就找本合适的茶书在里面做个植入广告，譬如，我再版的那本红茶书。

如果第一版时还很犹豫，然后又错过了这第二版，没关系接下来可能会出第三版、英文版，植入到书中甚至连港台同胞和外国人都有机会知道你的茶。如果依然无动于衷，每天还在捧着手机花好多时间刷朋友圈，那我可真的帮不了你什么了。

好不好喝，看上两眼是不是就可以知道

中间的桥段看上一会儿，电视剧好不好看大概就可以判断了，不论此前是否曾大张旗鼓地炒作过，抑或根本都不晓得相关的消息和内容，喜不喜欢先不说。

近些年能想到的是《武林外传》，某天拿着遥控器一个个翻台，起初看到画面和电视剧的名字根本没想停下来，以为又是国内拍的那种无聊的武侠剧，随后又翻到了那个频道，稍微停下来看了几眼，然后就没再换台了，后来问起身边的朋友才知道有很多人在看。

还有一部就是《士兵突击》，电视台反复播放，跟着重播看了好几轮，每次居然从任何一集都可以看下去。还有那部据说年轻人很喜欢的《爱情公寓》，某天在长途大巴上看了第一季首集，之后几季都有看虽然都没看全。这些电视剧为什么会流行？大概从人物到剧情到演员到台词，都非常接地气吧。前段时间一个电视台重播《潜伏》，我翻到的时候已经放到结局剧集了，从剧本到剧情到台词到演员到表演，过了这么多年今天再看依然很值得称赞。

再就是《甄嬛传》，无论从哪个桥段都能接着看下去，细节很精致，每句台词可以说都很讲究，跟潜伏一样方方面面用心。写到这里发现这几部直觉不错的电视剧，居然都是那种几乎没有大明星阵容，反倒是其中的演员们随着电视剧一起火了起来。

此前某卫视播《欢乐颂》，有天翻台时无意看了几眼，立刻感觉这部戏会不错，估计收视率应该可以，转过两天发现媳妇和岳母大人居然在追，聊起来媳妇评论说除了剧情、演员，电视剧细节处理得不错，场景、道具、服装等都不错，网上评论很热烈的样子。忽然想起之前的《琅琊榜》，也是看了几眼就觉得不错的感觉，一搜居然是网红剧。

其实我不是一个喜欢追电视剧的人，不论是哪个国家的。分析了下自己这种凭桥段对电视剧所做的判断力，应该是在广告公司历练成的，这么多年看过做过太多的视频的东西了,算是触类旁通吧。就像去买紫砂壶买茶具,按照一件雕塑艺术品的标准去衡量,即使对泥料器型工艺一概不懂,依然可以挑到不错的。

写到这里忽然想说几句茶,做茶、卖茶其实跟拍电视剧有异曲同工之妙。

一家茶企或者茶商,首先要把茶产品本身做好,注重选料工艺制作等,如果自始至终用心做下来,让人喝到嘴里觉得不错,自然会喜欢、想要购买。反过来,产品不好,即使讲了太多的山寨、年头、技术的故事,懂行的人看看条索闻闻干茶香品上两杯,就已经知晓了这款茶如何,虽然言语没说但内心已决定弃之而去了,这时候就算泡茶的美女颜值再高、泡茶的手法再优美也不能给茶加多少分。

换句话说,就像追电视剧一样,眼光高了鉴赏力提升了,粗制滥造当然无法入眼,再怎么炒作,不好看依然会换台,毕竟遥控器在自己手里握着。当然人的喜好欣赏水平千差万别,你觉得不好看的,没准就有很多人喜欢的不行。

茶叶也一样,大家喝过的见过的听过的多了,茶企就算在茶店茶器茶席茶艺包装上搞出一堆搏眼球的东西,讲一堆各种故事,大家端起杯子品过,一样不会买账。反过来一款用心做出来的茶,即使没有传奇故事、华丽的包装、精

美的茶具,但是让人看了条索或许就会有想品的欲望,闻了香看了汤品了味后自不必说。

这些年来茶行业表面功夫做得不少,搞出了那么多的噱头炒作,就像一部电视剧没上映前剪出来的片花,眼花缭乱让人心生向往,但是真正喝到嘴里却发现,原来满不是那么回事。

建立一个口味和品质的标准很重要

话说哥们儿某某因经常开车不能喝酒,于是开始喜欢上了喝茶,刚好他认识一个朋友在武夷山卖茶,便让对方寄了几样岩茶过来。大概那个朋友也知道他刚开始喝,所以发过来的茶很不如人意。

我把哥们儿的茶泡后尝了尝然后跟他说,如果要求不高平时喝喝其实这茶也无所谓,但你要是真的好这一口,虽然茶未必要有多好多贵,但建立一个口味和品类品质的标准,还是很有必要的,否则久了你以为岩茶就是那个味儿,某天喝到了正品还以为人家在骗你。

我说就像你喝红酒一样。起码你要喝真正的红酒,而不是酒精色素勾兑出来的,然后才是各种酒庄、各种年份,而且并不是最出名的酒庄的就一定最好,喝起来口味各方面是否喜欢还不一定。前两年人们一窝蜂奔着金骏眉、老班章,现在又变成"老白、牛肉、马肉",就如同喝红酒就认拉菲就认82年一样的现象。

我在电视上曾看过一个报道,记者在红酒市场暗访所谓的拉菲,真是鱼目

混珠，乱象纷呈。一个产区每年结的葡萄数量是有限的，于是酿成的红酒也就相应的只有那些瓶，如果满大街都是，可想而知你买到手里的是真是假了。茶的道理一样，哪儿有那么多的班章、"牛肉"啊。不懂的话，花的是冤枉钱不说，意识里也被植入了一个错误的标准，以为"牛肉"就是那个味儿，等喝到了真的还以为是假的。

聊完了茶，带着哥们儿去马连道买茶具。我建议他说先买几个差不多的可以拿回去用着，然后再逐渐过渡。泡茶用盖碗就挺好，各种茶都能泡，以后再考虑其他类型譬如紫砂壶。按说各种茶具都是为茶服务的，太过了，喝茶就变了初衷。

跟哥们儿逛各家店的时候，几次遇到我看着觉得不错的茶具，一问价都不便宜。要说东西是让我喜欢，可是买回家先不说拿来喝什么茶，那么金贵的东西，单是用起来必然小心翼翼，那喝茶成了一种负担，还有什么乐趣可言呢？

想起去某个老师傅店里喝茶，论环境、茶具等，真的谈不上有多雅致和高档，甚至老头儿泡茶的姿势按照茶艺标准都有稍许的不规范，但是茶真的不错。老师傅说，要做出好茶，首先原料要过硬，然后工艺、存储得当才能相辅相成，而现在有些茶本质并不怎么样，全靠用后天各种炒作去提升，而它们之所以能有市场，就是因为不懂的被忽悠和跟风的大有人在。如同买了一把昂贵的茶壶，可是每天里面泡的茶品质却与壶相去甚远。

　　除此之外让我不喜欢的就是故弄玄虚，就像一些所谓大师搞出来的东西，又是玄又是修的，看起来可以说极其高雅精致脱俗，可是不就喝喝茶嘛，这么弄实在有些拒人千里之外的意思。本来应该很大众化的东西，却让很多人望而却步，或许我的境界不够没法领悟人家的真谛吧。

　　有了好茶，自己独品是一重境界，与朋友们分享又是另一种感受。几个人一起喝茶，最辛苦的是泡茶的那位，一边各种忙，一边还要照顾到每一位。同样一把壶，可以只配一个杯子，也可以配很多杯子，哪怕它们并不成套。其实杯子有多少无关紧要，重要的是，从壶里倒出来的茶，是不是还说得过去。

哪怕这只是一个简单过程所带来的感受

　　这么多年里已记不清来来回回有多少次了，从家到马连道，简单来说相当于从A点到B点的关系，而且绝大部分时间都是在地铁里一路往返而过。

　　不过这个A到B的路线这些年也发生了一些变化，之前9号线和7号线没开通的时候，我都会在公主坟或者军博附近出地铁转公交或打车，但是逢周末及节假日常常会遇上堵车，最严重的一次，离马连道路口还有三四站路就堵上了，几十分钟过去车几乎没动地方，最后司机不得不开了车门，很多人和我一样走过去的。9号线通了后还曾经换乘过，下车从南广场出来走两站地到马连道，这个路线最让人头疼的就是西客站那里无比拥挤。当然最有时间保障的地铁也偶尔会"堵车"，前不久我就赶上过一次，说是因为信号系统故障，结果一号线地铁停在中途将近一个小时，本来我是要去参加一个茶会，等我赶到时活动结束了。

　　以前上班也常常像去马连道一样，从A到B再到A来来回回，时间久了对路上所有街景都熟视无睹。等过了几年再重返原地，才不由得在曾经的熟悉感中，回想起当初的一些点点滴滴。马连道这十多年，不仅是A到B乘车路线发生了局部变化，整条街变化的恐怕只能在记忆里去搜寻旧貌了。不过就像之前我上班那种感觉一样，似乎很多人不会去刻意把一个区域的街道、楼房、景观等，串联在一起让它们形成一个体系，越常驻越如是，所以即使在这附近居住、工作了很多年，跟他说起某某地方，感觉他跟一个从没来过的人差不多。

　　那么我在马连道的"扫街"行为，也可以说是源于一种职业习惯，因为以前在广告公司做过一些地产项目，完成的过程除了研究地图查资料开讨论会想创意，就是项目组的成员一起到现场及周边调研踩盘。曾经因为调研再一次去了当初上班及客户公司所在的区域，把脑子里的资料与现实联系在一起，才忽然发现虽然自己曾经来过那么多次，可居然对周围的环境如此陌生，于是站在项目的角度我开始重新去审视考量，试图把所有看似无关的东西有序地串联在一起，真正形成一个完整的系统。

做地产项目广告那段时间，去逛北京的一隅，或到其他城市做市场调研，发现自己的观察和思考，越来越注意周边的关联性，逐渐这也成了一种习惯。有时去一个陌生的地方，要是时间允许，我通常都会在四处转转。以前去外地出差，如果时间紧去不了旅游景点，我就去逛逛一些小街小巷，后来又多了一个去处就是当地的茶城。中国的城市现在几乎是一个模式的翻版，街道建筑基本趋于同质化没啥可看的，不过去逛逛大商场或者超市、菜市场，倒是可以了解一下这个地方老百姓消费状况，所以茶城里转一圈下来，对于当地人们喝茶的情况心中也大致有个概念了。

但是很多人或许并不像我一样，有空会把一座茶城都转几圈下来。女生们买衣服时，甚至什么也不买都可以把整个商场逛个遍，但是如果为了买茶似乎就不这么逛了。有的人一座茶城去了无数次了，可是他熟悉的店就那么一两家，这座茶城还能买到什么茶、茶具或者某某茶哪家店有，问起时他很可能说不清楚甚至一脸茫然。

想起某次跟一个朋友闲聊，说起他们几个同学假期去某城市玩儿，本来计划得很好，可是到了目的地后，大部分时间都躲在酒店里闲聊看电视吃东西，计划要逛的景点大都没去。我说你同学跟我的一帮同事有一拼，他们本来组织去海边玩儿，哥几个到了酒店后就开始支桌子打麻将，虽然大海近在咫尺，两天来也没有出门去看一眼，直到旅游结束又坐上车返回了北京。

最后我想说的是，喝茶是一种乐趣或者享受，去寻一款茶、茶具的过程同样也是，而且可能因为这个过程，让这款茶、茶具在喝的用的时候，让我们别有一番体会和收获甚至感悟，哪怕只是从A到B的一个简单过程。

你说好就一定好？那只是一厢情愿

新飞说，广告做得再好不如我冰箱好；VIVO说，再美的文字赞美我的手机都是苍白的——颇有些魔镜如果说我不是世界上最美丽的女人就是有眼无珠的感觉。

想起喜欢喝茶的一位朋友跟我说的一个桥段，她说某天跟一个"茶二代"同事聊天，兴之所至，"茶二代"同事开始讲起茶行业里的各种猫腻秘闻，听的朋友叹息，有毁三观的感觉，临了朋友同事特别强调说，别家的大红袍都不行，他家的才是天下第一——听到这里我一口茶差点喷到电脑屏幕上。

这很像一些人做事的一贯风格，先把同行或同类产品一通贬损打压，最后隆重地抬出他自己——我才是最真的最牛的最领先的云云。其实说自己的东西好也正常，谁都想在众多的竞品中，即使不是独得青睐也能位居前列，于是通常情况下，不由得不自己夸自己有多好，大家都相信我说的吧，我才是真的

好。所以我们的一些企业给产品做的推广宣传，几乎都是一个路子，譬如一些茶商茶企推销自己的茶。

任何行业里都有些比较糊弄事的企业，搞得差不多就行了，其他的全靠虚张声势的吹捧炒作。他们也不是不明白认认真真做一件事的益处，可是他们没那个意识和毅力及长远打算，或者说从一开始就没想要全情付出投入做一个好东西出来，反正大体上可以就行了，或者说眼前有钱赚就好。他们这么做也无可厚非，毕竟商人做生意是为了逐利。

就拿茶叶来讲，若干年前在福建某茶区，曾有两家当地比较著名的茶企老板，跟我们讲一些茶商做红茶过程中会往里添加糖调剂，虽然没有相关法规条文明令禁止，但是这种茶外观和滋味会对买茶的人们产生误导。两位老板都知道如果他们也来添加，无疑会增加利润空间，但是他们不敢去做，因为毕竟还有很多会喝茶的人，一旦让他们品尝出来，自己多年来做出来的牌子也就倒了，所以他们宁可不赚这份钱。

所以一些茶企只是做着行活，从相对便宜的茶区批量买进毛料进行加工制作，然后再低价倒手批发出去，钱赚到这买卖就成，下一批还接着这么干。他们做出来的东西，也不能说怎么不好，但更谈不上有多优质了，反正有人买单。

他们有的也不是不能做几款高品质的茶出来，只是那个过程太不容易了，从原料到制作环节，整个过程都得做到精益求精，比如天气、采摘、工艺、时间、细节等，都可以成为严苛的条件之一，最后茶做出来后，还要得到行业和目标人群的认可，而这其中的各种付出，会让很多茶企望而却步。

没有好东西又想说自己的东西好，还要卖出个好价钱怎么办？只能靠编故事、造情境、做山寨、过度包装、炒作甚至造假等，将这些元素加在一起，然后把几十块钱的东西，卖到大几千甚至上万元的价格。

所以你花了很多钱买到的所谓难得一见的臻品，或者别人送你的看起来很昂贵的茶礼，有时候很可能就是这么被塑造出来的。你品尝到嘴里那倍感甘厚香溢的味道，只不过是自己的心理作用罢了。

不能光为了吸睛,而无下限地搏出位

某个通过选秀出道的女星,有段时间网上频爆其摔跤露底及其与男星的绯闻,后来听一位朋友说她曾看过这位女星的经纪公司给她做的推广策划案,里面几乎都是这类的东西。这位女星本来属于那种走小清新路线的,这么玩了一段时间后,虽然关注度上去了,之前的形象却也毁得差不多了。要说在演艺圈这都不算什么事儿,为了刷存在感搏眼球,很多明星真的不惜出负面新闻甚至秀下限无底线。

除了明星名人之外,互联网时代更造就了一批又一批所谓红人,有的是无意间一夜就火了,有的是故意为之的炒红,出了名之后各种利益关系纷纷找上门来,而且比较奇怪和畸形的是,有人越是被骂越是出名,同时一些商家不但不远离避之,反而苍蝇般赶快凑上去试图借光寻利。与此同时也诞生了一些专门以此为营生的个人或者公司,进而形成了一个相关的行业和产业。

炒作、吸睛、搏名、牟利的商业行为倒也不能一概说错与对,商家为赚钱赢得竞争卖产品出新招奇招也许很现实或者无奈，关键是有没有个底线限制，是不是只要能达到目的就不在乎低俗无耻；同时，我们的社会舆论或者道德标准是不是也觉得可以容忍，因为毕竟可以代表一种声音或者一类人群的价值观；或者说，一次次闹腾过后，也没受过惩戒整治，那么下一次就会有人继续挑战新的下限。

我不是什么卫道士，而且以前也经常为客户的项目或产品传播策划炒作方式，这里我想说的是，其实如果靠这种恶俗可以轻松成功的话，就没人去动脑子想更高端更巧妙的方法了，就像山寨和盗版别人眼前能够赚到更多的钱，没有良好的制度和良好的社会环境保障，那么就没人愿意付出思想与时间金钱的成本为了长远的利益去做原创了，做了也成了他人嫁衣。

就在今天看到朋友圈在转某网红被禁限的消息，起初以为又是炒作。不想对这件事本身做出什么具体评论，只是觉得这大概可以看作是一个风向标，或者说划了一道红线，从今以后这种类似或者再往下的玩法就别再想了更别做了。

也是在今天，从茶友支离子朋友圈看到他转发了几张图片，一帮穿比基尼的美女在茶园里搔首弄姿，其实前些天已经在网上看到过类似的这种图片了，在议论纷纷平息之后，更出位的终于出现了，支离子评论说"水乳交融之后，看来离茶园野合不远了"，窃以为然。

我一直觉得我们当下的茶叶茶业及茶文化，缺少一种可以称为"灵魂"的东西，而且肉身还没完全发育健壮呢，所以就用弹古琴、焚香、插花、书法、瑜伽、茶禅堆在一起来撑场子，现在大家感觉之前的这些方式越来越没了新意，大家都看腻了而且似乎效果也不那么明显了，于是乎从高大上忽而转下开始玩老百姓"喜闻乐见"的组合了。套用现在另一个热点来说，就是茶文化的这只友谊小船忽然翻了，本来它似乎在航线上刚找准方位驶向远方。

当然我这个说法非常夸张了，茶小船岂能说翻就翻，只是船上一群正襟危坐的人中间，突然有两位开始袒胸秀大腿而已。下面就看这些人是把她俩扔下船还是责令赶紧穿好衣服，其他人下不为例。

以前天上掉馅饼没砸到自己头上，以后也不会

装了好几大袋子，分几次让收废品的取走的，前辈说。我问，现在还能要回来吗？前辈说要不回来了，两个月以前了。

我有些惋惜、怅然若失，以这位前辈的资历，家里这些书一定有不少稀缺版本，或者现在已经不太好淘的老版书，更何况还有些书是文人学者的签赠，如果放到孔夫子旧书网上，可以卖个好价钱，或者打电话给收二手书的，虽然给不到太多，但至少不会做废纸论斤卖。

这是最近遇到的第二次类似情况了，一两个月之前也是朋友的工作室装修，那些准备当废品卖的大画册，很多从印刷到内容都非常精美。想起再早之前，某老友公司搬家，扔掉的画册和杂志堆成小山，大致翻了翻，实在觉得卖给收废品的可惜了。

前不久被一位喜欢收藏CD的朋友，拉到一个黑胶和CD爱好者群里，真是被其中的一些发烧友惊到了，一名歌手的专辑居然一张不缺，而且还有各种版本，有的甚至是歌手签名版。

群里定期会搞拍卖活动，当年那种卖不动打折处理的专辑，现在拍下来价格居然比当年翻了至少几倍，要知道那时候在音像店搓堆甩货的CD里翻找，除非是我特别喜欢的歌手的，否则即使十块钱三张我都不买。当年很多人都曾买过一些磁带CD哪怕是盗版的，如果留存至今没有送人或当垃圾扔掉，全拍卖掉的话，真的可以赚一大笔了。

还有比较典型的价值翻倍的就是普洱茶了，当初几毛几块钱的一饼茶，经典的存货稀有的，市场上的售价堪称古董级别，而且真的基本上也买不到。

据说那个88青，当年陈国义买的时候，总共花了31.5万港币，约一饼差不多11元，现在陈国义手里的存货，卖价8.8万元。从1992年到如今，一饼88青价格翻了8000倍，如果按这个价格全部卖掉，可以赚25个亿。当然陆续出手至今，陈国义的存货肯定不到这个数了，除非他再继续存下去，让价格不断攀升。

当年把88青卖给陈国义的陈强，据说是7块钱每饼拿到的这批茶，倒手卖给陈国义后，赚到了9万块钱，要说在20世纪90年代的时候，也算是一笔不错的买卖了。陈强代表了绝大多数人的思维和处事方式，而陈国义应该属于另类了，或者说他最终等着了一个暴利时代。

最近和张导喝茶的时候，时常聊到古琴。话说十七八年前，曾经有位同事是古琴爱好者，记得她说她所知的北京玩古琴的，不过几百号人，那时候古琴好一些的好像几千块钱，以我当年一个月的薪水可以买一张，不过因为当时面临各种生活压力，虽然自己一直很喜欢也没有出手。按张导的说法，如果当年买了，留到现在可就不是几千块了。应该是吧。张导说，奥运会开幕式上被张艺谋选来那个做古琴的师傅的琴，现如今都是天价，比当年翻了太多倍，而且未必是他亲手做的。哪家琴馆或者琴师如果留下来那么几张，可就赚大了。

联想起二十多年前去宜兴，印象中很多店铺里都有紫砂壶卖，价格很便宜，十块钱二十块钱的样子。当时有朋友问我要不要搞两把，他说他认识做壶的，可以拿到品质比较好一些的，也就一二百块钱。我听了也很心动，不过一想到我要大老远地带回东北，犹豫了下还是算了。

可能有人会说，如果当时买了回来，万一是哪位大师的作品，现在的价格或许几万元几十万元不止了。或许吧，但是按当时的情形，也很可能拿回来后送人了，甚至保存不当摔坏了，什么也没留下。没有如果。

最后我想说的是，天上不知道哪块云彩会下雨，之前掉馅饼没砸到自己脑袋上，以后可能也砸不到，甚至连馅饼都不掉了。所以别总琢磨着现在投机干点什么，过个十年二十年刚好赶上热点赚一大笔——以前那波没赶上以后一样不一定赶上，这辈子或许没有那个运气。发财的秘籍，人家那么做赚了，到你这里照着来一遍，也发财了，那还叫什么秘籍。

所以如果喜欢什么就去干什么好了，先别想着能不能发财。譬如喜欢喝茶就去喝，如果打算每年都存一批白茶或者普洱将来发一笔——二十年前这么想的，那么恭喜你，现在，也恭喜你吧，因为至少有存货可以让以后自己喝茶不用再花钱了。

从"神农尝百草"推断5000年前就诞生了白茶是个伪命题

首先,"神农尝百草",这个传说故事,虽然在很多古籍史书中都有相关记载,诸如《史记》《淮南子》《搜神记》《通志》《增补资治纲鉴》等:

《史记》:"神农氏以赭鞭鞭草木,始尝百草。"

《淮南子》:"神农尝百草之滋味,水泉之甘苦。"

《搜神记》:"神农以赭鞭鞭百草,尽知其平、毒、寒、温之性,臭味所主……"

宋代郑樵的《通志》讲,神农尝百药之时,"……皆口尝而身试之,一日之间而遇七十毒……其所得三百六十物……后世承传为书,谓之《神农本草》。"

……

"遇七十毒"有记,但是,唯独没有找到这句"得茶而解之",或许记载这句的古书已经失传。

从历代史料记载传说来看,其目的大都想表达,神农通过这种尝试,来判断百草的药性——除了毒,还有寒、温、平,得360物,并且把它们都记录下来,最后汇集成了这部《神农本草经》。

其次,《神农本草经》,传说为神农所著,原书已经散佚不存,现如今的各种版本都是后人集辑而成,且成书年代也属于推断。

再次,这句话——"得茶而解之"——据说是来自《神农本草经》,而且被无数说茶的文章引用,不知道有谁去真的查过没有。曾经在一次茶会上,主讲人李韬老师说他曾翻过这本书,但没找到这句话。我也找来这本《神农本草经》查了一下,也没见到。我只翻了两个版本的,所以不能确定其他版本上也没有。那么,这句话究竟从哪里来的?

我在《神农本草经》里面查到了"荼",在《苦菜》篇,原文:"苦菜味苦,寒。主五脏邪气,厌谷,胃痹。久服,安心益气,聪察少卧,轻身,耐老。一名茶草,一名选。生川谷。"

下面还有一段《名医别录》的辑录:"《名医》曰:一名游冬。生益州山陵道旁,凌冬不死。三月三日采,阴干。"

分析全文,这个茶,很像我们如今喝的茶,但是,《神农本草经》中未见其制作描述。《名医》中倒是有句"三月三日采,阴干"。

查了一下《名医别录》,大约成书于汉末,作者不详,为历代医家陆续汇集。据记载,梁·陶弘景撰注《本草经集注》时,在收载《神农本草》365种药物的同时,又辑入了《名医》中的365种药物。

那么,综上所述,想说以下几点:

(1)"神农尝百草,日遇七十二毒,得茶而解之",这是一个《神农本草经》中未记载,不能确定出处,且不能证明神农是否真的曾"得茶解毒"所为的传说故事。

(2)《神农本草经》中没有任何与"茶"相关的制作工艺记载;《名医》中有"阴干",但是如果仅凭这两个字就认定,这就是白茶工艺,本人只能感叹。

(3)仅仅凭这一句传说故事,就判定白茶5000年前就有,是极其不科学、不严谨的结论。

(4)这样的结论,同时也偷换了一个概念,那就是,白茶的定义是近代才因为六大茶的诞生而出现的,就算之前所谓的茶的制作工艺非常接近于现在的白茶,但是别混淆了,那个时候,是按照制药的工艺来做的,做出来的也是药,不是茶。

(5)张天福先生在他所撰写的《福鼎白茶的调查研究》中,曾论述道:白茶制造的历史较其他茶类为短。据文献记载并访问老农,约始自100多年前,首先由福鼎县(今福鼎市)创制的。

(6)诞生在5000年前,这样以讹传讹的结论,会误导喝茶的人,对于茶企茶商、对于茶行业,都是非常不负责的行为。

(7)本人并非科学工作者,亦非茶行业从业者,以上的考证难免有疏漏和不严谨之处,敬请茶行业的专家、学者拍砖!

听讲座，讨论茶，瞎操心

天冷了，我说现在我们公司里开始煮茶喝了，有三波泡茶的同事，一波煮老白，一波煮普洱茶头和黄茶，供着三四个人喝，我这儿换着样煮。此外还有一位，每天只喝岩茶。

杨岳老师听了觉得很好奇，因为很少遇到像我们这样的公司。我说我喜欢喝茶，而且之前在几家公司都把这个爱好在同事间发扬光大。

杨岳老师说他也有一些像我们这样喜欢喝茶的朋友，只是，却不敢在公司里摆上茶具、泡茶喝，就像他有位做IT的茶友说的，大家都那么忙，你居然还有时间泡茶！

杨岳老师还有位朋友是机关公务员，办公室里以前也摆着茶具，他们所在省市是茶产区，办公室喝个茶也很正常，可是考虑再三，后来还是把茶具都撤掉了。

杨岳老师感慨道，是什么时候，泡茶喝茶让人觉得，只是一种有闲有钱人才能干的事情？

细细想来，或许是茶文化、茶对外传播带来的感受使然，修身养性、气定神闲、悠然南山。以前说柴米油盐酱醋茶，茶很有生活烟火气，现如今说琴棋书画诗酒茶，茶跟山水竹林花草书画弹琴配搭在一起，在办公室喝茶，就变得完全不在一个频道上。

可是我们对标咖啡，不悠闲吗？并不是。咖啡馆里，桌上一杯咖啡，手边一本书，耳机里放着音乐，女孩子眼睛望向窗外的远方，调性可以很复古也可以很潮流，好像没什么违和感。

同样是咖啡，很多工作场景，如会议、差旅、职场、电脑、笔记本旁边，经常见到咖啡壶咖啡杯，且毫无违和感。当然有时候也会有茶，譬如立顿袋泡的那种。

还是咖啡，在咖啡馆，咖啡师是服务是配角，冲泡过程中他们也会玩一些花活儿，有些表演娱乐性质，且男女老少皆有。茶店里，茶艺师是主角，是那一桌上的C位，且美女居多，喝茶的围绕着她，看着她的一举一动，等待着她泡好茶分到自己面前的杯子里。

想起一同事忽然联系我，要我带她去马连道转转，她说，因为到喝茶的年龄了。我听了有些哑然失笑，是谁规定的，人到中老年就应该开始喝茶养生了？

曾一度试图想捋清这个来龙去脉，譬如说红茶，诞生之初到之后二三百年期间，主要出口外销，国人几乎不怎么喝它，近十几年国内市场一下子热起来，讲得最多的好像都是关于红茶养胃活血适合季节，茶黄素软黄金如何如何，而其他那些喝的比我们多得多的国度，那些外国人似乎只是把它当作饮料来喝，而且调上各种可以混合在一起的东西，包括跟咖啡和酒搭配，搞出各种花样和喝法。

那么究竟是什么东西使然，让一直外销的红茶，开始在国人中逐渐流行起来后，变得跟其他几大茶类一样，走上了养生保健这条线路呢？

杨岳老师说茶行业自己给自己挖了个坑，深以为然。

听小茶馆举办的系列茶讲座间隙，杨老师我们这几个非从业者的重度茶爱好者，经常凑到一块说起自己对茶行业的一些看法和观点。可是，虽然我们有着很多相同的感受，但以彼此的能力也改变不了什么。

所以就像杨老师有些玩笑般说的那样，我们听讲座，讨论茶，属于瞎操心。

茶人

那些人那些茶

家的桥梁,文化的传承,三代人的亲情,远隔千山万水,慢慢就融汇在这一碗茶汤里。

徒弟的嘴，说曹操曹操就到 &
汪秘的眼，在人群中不用多看就能发现

  徒弟付苹有张神奇的嘴，说曹操曹操就到，按她"师弟"老孙的说法就是嘴"开过光"。

  有次茶博会和徒弟正逛着，她说怎么没见到王会长，茶博会他应该过来的吧，刚说完转过一个展位，就见王会长正坐在茶台前喝茶，打过招呼后我说会长你真不禁念叨。

  不久前的斗茶大赛茶王品鉴会，跟徒弟去新年华吃饭，徒弟说最近没见到花叔了茶会他应该参加吧，我一抬头见不远处花叔正低着头走来，一问原来他在对面和茗刘他们一起吃饭，准备晚上参加茶会。吃完了徒弟说要不要跟花叔他们打个招呼，我说不用了吧他们也都知道地方。刚说完，就见花叔远远地在向我们这边招手。

  就在前一天下午，去茗刘那儿的跨年茶会遛了个弯儿，徒弟溜过来蹭了口肉桂，走的时候跟我说了最近喝茶遇到的一些事和五六个熟人。接下来真的是见证神奇的时刻，一晚上我一个一个地跟他们偶遇。

尤其有一位几年前在我茶会上相识的茶友，因各种原因后来总也聚不到一起，好几年没见了，前些天在六幺他知道付苹是我徒弟后，说起当年我要送他的茶书至今未兑现，我跟付苹说第二版的我没了，哪天带本第一版的放你这里再遇到替我给他。结果我跟老孙出去办了点事回来，他竟然就坐在了店里。

要说老孙呢，本来晚上根本没约他，之前徒弟说老孙上次见到她跟她开玩笑说，你师父还收不收徒弟什么的，徒弟说我可以替师傅做主先收下你做师弟，我说老孙这个人臭贫归臭贫，聊起正事来还是挺认真的，一码归一码，按他的说法就是我俩聊天的频道收放自如。晚上我等在六幺门口的时候，结果，电梯门一开，老孙拎着瓶水出来了。

徒弟的鼻子也蛮灵的，下去午茗刘茶会，一进门就说好浓的岩茶味儿，像是足火的。然后想起不久前去汪秘那儿，一进门徒弟说汪秘泡的是正山小种吧，我闻了闻说还是烟的。汪秘嘿嘿一乐，这师徒俩。

说到了汪秘，他的那双眼睛也是绝了，尤其是夜里。

曾经有几次在马连道喝茶，汪秘晚上喜欢走步锻炼各处巡视，茶店里那么多的人在喝茶而且背对，他都能一眼认出来，然后推门而入。有次晚上在三区

的小食品店里买瓶饮料，汪秘推门进来说路过时候看到我了。

其实这都不算什么，最厉害的是，有两回夜里参加完茶会去坐地铁，接下来就见群里汪秘说，黄大刚路上遇到你跟你挥手打招呼你居然不理我，我说在哪儿啊不是我吧，汪秘说某时某地穿着什么衣服手里拎着什么袋子，回想了一下没错是我，身边是有别的路人擦身而过，可是行色匆匆根本想不起来了。前两天在群里汪秘说宝华我看到你了，宝华有些不信，汪秘说几点几点在哪儿手里拎着袋子，宝华说还真是。

汪秘说他以前上学那会儿参加什么体检，好像服兵役一类的吧，测视力时候没有他看不清的，教官说："那个戴隐形眼镜的，你把眼镜给我摘了！"

凤凰男人茗刘和他的凤凰单丛

有时候真的恨不能站起来替他说两句，可是，只能干着急，因为你也不知道替他讲些什么，索性，端起茶杯品茶。

这是一直以来，听茗刘讲茶我的感受，也难怪，让一个潮汕人努力把普通话讲得那么好，对他而言，还不如有那个精力，去把茶做好。所以，茗刘来到马连道开店卖凤凰单丛有十年了，可是，普通话并没有随着茶越卖越好、名字越来越广为茶友所知而同步提升。

我对于凤凰单丛的认知，要晚于跟茗刘的相识。换句话说，我是认识了茗刘后才开始有系统地喝凤凰单丛的。但是喝了好几年依然收效甚微，就跟茗刘的普通话一样，不是凤凰单丛不好，而是，把这个茶类喝的清楚，实在是有点难。

就好比，如果凤凰单丛中的各个种类都变成人，然后让他们站成一排，跟大家说，他们其实都是同宗的兄弟，然后几乎所有的人都同一个反应——别闹，这怎么可能！

可这就是事实。因为凤凰单丛的八辈祖宗，即凤凰水仙品种的族源，相传在南宋时期，落户安家于广东潮州的凤凰山，即为后人称为"宋种"，经过了很多代的繁衍生息，

其优异单株，成了凤凰单丛。

如今各个单株都各有特点，彼此之间的区别，竟然是——香味，而且各自的香味类型又自成品系。

这就像一个姓氏的宗族，扎堆一起，看模样根本无法区分谁家是谁家的，而且每家起的名字五花八门，有按树形、青叶形状起名的，有根据口感特征起名的，如杏仁香、肉桂香、咖啡香、水蜜桃等，有的是以所在地命名，而以香气命名是最为普遍和比较让人易于接受的，诸如蜜兰、芝兰、玉兰、米兰、桂花、茉莉花、柚花、姜花、栀子花等，此外还有老仙翁、八仙、似八仙……

其他茶类有这样的情况吗？没有，凤凰单丛是蝎子粑粑——独一份。

茗刘长得很老成，其实他实际年龄比我这个70后小了整一轮。这跟凤凰单丛有些反其道而行之，本来是一个很有历史年代的茶类，却因其小众，在一些茶友眼里，宛如一个年轻的后辈。所以凤凰单丛，在茶里并不算得上是名流。

茗刘说他当年在马连道刚开店那会儿，几乎没有人听说过凤凰单丛这个茶，那进到店里尝一下吧。三龙扶鼎、恭手低斟、韩信点兵、关公巡城、同甘共苦，茗刘把按标准潮州工夫茶泡茶流程泡好的凤凰单丛端给客人，对方往往是一口茶进嘴还没下肚，就皱着眉头几乎吐出来，这是什么鬼？跟中药汤似的！起身落荒而逃。

想起一位茶友说她十几岁那会儿，跟父母走亲戚去了潮州，刚去的时候，那个凤凰单丛实在是让她不堪其苦、苦不堪言、叫苦不迭，不喝吧不行，人家给倒在杯子里了，只好闭着眼睛往下咽，她实在无法理解为何亲戚家每天都喝这个东西。要说神奇的是，后来她回到老家，忽然间开始无比想念那个味道，可是，她想体会的那种苦尽甘来，却远在几千里之外喝不到了。直到又过了很多年，再一次品凤凰单丛，不由得一下子触动了小时候记忆中那个按钮儿。可惜茶友已经辞世，愿她在天堂里再次喝到小时候单丛的那个味道吧。

与茶友的感受完全不同的是，对于潮汕人来说，他们从小到老，每天都是泡在凤凰单丛中长大的，不论走多远离家多久，一杯单丛入口，即刻神归故里。或者说，不论身在何方，只要有凤凰单丛，他们就觉得自己是一个真正的潮汕人。

爱心有多远，生命就会有多远

我在北京茶友会讲第一期红茶的时候，问了一个关于宜红的问题，话音刚落一个女孩很踊跃地回应，她说她知道，她的家乡就是宜红的发源地。那是我第一次见到邹远。

后来茶友会的茶会邹远几乎都报名参加，除了有几期因为"千山寻茶"项目不在北京。每期她所在的那桌茶友们都是最活跃的，尤其是对茶品鉴的一些细节讨论，让人觉得邹远平时嘻嘻哈哈，但是真正聊到茶的时候，却是一个非常较真的女孩子。

去年转入秋冬北京的雾霾天气多了起来，那个时候还以为空气不好，导致她经常咳嗽，她自己也觉得是，还说去福建武夷山那几天咳嗽好多了，其实那段时间胸腔里的巨大恶性淋巴瘤，已经压迫到了她的肺部、气管和心脏。

我是夜猫子，半夜写完东西转发群里，见邹远留言回应，问她这么晚了为何还不休息，她说一躺下就咳嗽得喘不过气来，没法睡觉所以只能坐着看朋友圈。过后才知道那个时候她已经非常危险了，心脏可能随时停止跳动，失去年轻的生命。

在茶企商会汪秘催促下，邹远才去医院进行了检查。后来从朋友口中听说，她当时自己走上楼去住院治疗，让医生简直无法相信，因为通常病到这个程度，都是用担架抬上来的。检查结果出来后邹远不让家人告诉大家，所以几乎没几个人知道她病得如此严重。有人问起来的时候，她只是说胸腔有积液，在医院住院治疗段时间，现在好多了。

春节前最后一期茶会结束，汪秘说有事儿跟我聊，但不知道怎么开口，他欲言又止的样子让我觉得很奇怪。忙完了我去找他，才得知了邹远的真实情况，当时我就感觉，仿佛有一股寒气从脚底蔓延上来。想起前不久茶友会年会上，她还和拍卖师原琳一起，恶作剧地拍卖"花叔"侯老师，我还跟着竞价拍了下来。舞台上灯光下邹远显得白白胖胖的，其实那都是身体积液造成的浮肿。

汪秘说邹远目前治疗的状况还不错，但是以她家里的境况，根本负担不起后面的治疗费用，所以想联合发起捐助活动，通过捐款、义卖、拍卖等方式，为邹远筹集治疗费用，希望我们大家各尽所能，能够带动更多的人来帮助她。

前两天邹远准备回荆州进行下一期的化疗，临行前在朋友的茶店见到了她，我进门时她在泡茶，还是以前笑嘻嘻的样子，跟大家聊着天，毫不避讳说起她的病症，就仿佛这一切与己无关。

时间到了要去车站赶火车，邹远不让我们去送她，说回家治一个疗程很快就会回来，说有好茶一定要留着，等她一起来喝。

附注：
经过几年来的治疗，让人欣喜的是，目前邹远各项指标已经恢复正常。

岁月无情，或许中途就不属于自己了

2015年的最后一天的晚上，微信的红包发到让系统崩溃，仿佛夏天的一场暴雨，让城市交通瞬间瘫痪。其实每个包里未必有几块钱，但是威力巨大的偏偏就是这些几乎同时抛出来的零钱。我那个时候刚好在和汪秘、邹远、原琳几位喝茶跨年，因为专注在茶上，根本不晓得红包这件事。

晚上的茶会喝的是红茶，跟红包一样也是红的，不过这几款红茶的含金量，每一泡恐怕抢一晚上的红包，都未必能抵得上。所以没有扎堆发红包抢红包，反倒是更大的收益。

喝完茶往回走的时候地铁已经是末班车了，嘴里还留着余味，心中还在琢磨那款七星瀑布野茶，为何会如此的蜜甜，而且连绵不绝。如果我在别处喝到此种的滋味，我一定认为茶里加了东西，可是亲历这款野茶采摘、制作过程者，就在身旁一起喝茶，而且他们做了这款茶就是为了自己喝。这不由得让我惊羡，更感叹于这款红茶，是什么东西聚集在了小小的一片叶子里，才转化出了这般的甜，看来还有那么多未知我要去探求。

在一年的最后一天，一堆红包一款红茶，都是红的，但是给我的收获感悟却各不相同，尤其是红包。

前段时间的某天，被一个朋友拉到了某媒体群里，朋友说新人要发红包，我问发多少，朋友说最少50元吧，我说这个群的红包起点还不低，幸亏没有发几块钱分成几十包那种的。

可是很多群都是这种小包，通常拆开了一看几毛钱，甚至才几分钱。现实中如果有人给你发个红包，里面只有几块钱的话，你一定会很不屑，但是在微信群里，感觉几块钱都是巨款了。有人做过核算，抢到的红包里如果只有一分钱的话，那还不够付出的成本譬如流量的费用。所以很可能忙活几个小时，抢来的红包算下来很可能是赔的。

我们经常会在群里遇到热火朝天的红包雨，一个群友发出来一个，瞬间被抢光，拆开了发现几分几毛几块钱不等，紧接被连续动态道谢图刷了屏，随后另一个群友发了一个红包出来，又被瞬间抢光，动态道谢图再刷屏。当然所有群里都有光抢不发的，还有人装了抢红包的外挂。如果在现实中，一堆人围着互相抢几块钱，而且还得作揖道谢，很可能你会不屑一顾，觉得有病吧。

但这大概是绝大多数微信群的现实状况，而且几乎每天都在上演，不论是主动或被动而为。当然有的群里会有几个"土豪"，高兴了每人发一个大包，或者你所在的群里大都是"土豪"，发出来的包就没有少于五十、一百元的。

曾经与几位朋友聊过这种群里发红包，大家的心态和感受，都觉得图的是当时的开心热闹，至于抢到了多少并不是最重要的。

就在前不久得知，31号那晚一起品七星红茶的茶友邹远身体不适，结果检查出了肿瘤，周围所有朋友得知后都感觉特别意外。回头想来那晚喝茶，以及之前的几场茶会，她的身心就已经在被恶疾侵蚀了，只是包括她自己怎么都不会想到。

人有旦夕祸福，病来如山倒，不管是谁。茶被宣传的那么神奇，可是它毕竟只是一种养生保健的饮料，面对着这种肿瘤癌症，它无能为力。可是也有茶友觉得，幸亏她平时经常喝茶，抑制了病情的发展，所以才有了现在治疗好转的机会。我们宁愿是后者吧。

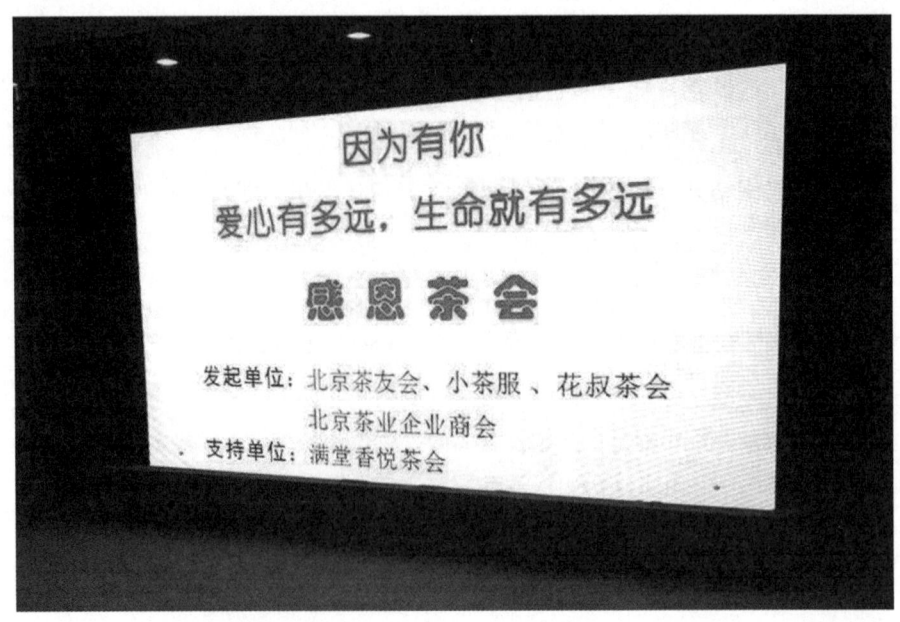

因为治病的费用非常高，于是大家纷纷行动起来进行财物捐助，爱心与付出让人感动，每天捐款额都在上升着。但是七八期化疗所需的费用据说得百八十万元，而且后面还要其他方式的治疗，眼前募集来的数额还很不够。

那天跟几位朋友聊群里发红包的感受，就是由捐款引起的，我说其实我们平时发的那些红包，发了也就图热闹和开心了，如果能留一些给如今做捐助，是不是那些钱会起到更大的作用和意义呢？

或许我们平时很随性和不在意，甚至可以说过于浪费和过多索取，享受当下的时候根本不会想到，命运中突然会有不幸降临，哪怕只是万一，因而当它忽然出现在了眼前，一下子措手不及，往往将人逼入绝境。所以，平时多为他人着想和付出些，或许可以在紧要关头，变成自己走出困境的一线生机。

附注：

这篇文字最早是在31号那晚写的开头，然后一直断断续续没有写完，似乎冥冥中预示着什么。后来那晚喝茶的邹远身体就查出了问题。我在想，如果当时写完了，或许就是篇关于红茶的文章，可能不会让我像如今这样，有更多的思考和感悟吧。

我们可以把时间花在分享一款好茶上，也可以大把地用来在群里抢红包。有时我在想，我们花那么多精力在群里去看一些无聊的鸡汤，爬过一层层的动态表情翻阅之前的几百条几乎没有什么营养的聊天记录，用好几个小时的时间去抢几块钱的红包，到底值不值得？

生命其实很有限的，或许中途就有可能不属于自己了。网络、手机让时间变得更加细碎，为了朋友圈、群聊，我们不得不去付出大量的时间和精力，如果把这些时间集中起来去专注地做一件事情，是不是会有更大的收获？

这些年在马连道吃过饭的那些家店

只要离开马连道，去哪儿吃都行，徒弟说到，新年华的饭都吃腻了。

有天在新年华吃完饭，和几位茶友说，原来就是地下一层有个大排档及几家餐饮，近两年里面吃饭的地儿一下子多了起来，虽然马连道茶生意越来越不好，但是，饭店的数量却在不断增加着。

最早吃饭，我们都是跑到茶缘后面那条街，来碗大同刀削面。当然最想去的是那家武夷小炒，可是，通常都得排队，他家生意实在太好了，而且到九点后就不做了，不管后面还有多少人等位想吃。

三区东边也有一个武夷小炒，偶尔也和朋友们去光顾，有一回遇到米饭没有了，不得不挨家店去"要饭"，居然还没要到，只好在烧饼铺买了一堆烧饼回来。

这两家武夷小炒，到底谁才是正宗的，私下里大家有些孰是孰非的争论，一直没搞明白，索性不去管它，吃就是了。

现在"茶缘"后面那条街饭馆都拆了，三区那边的武夷小炒搬到了"茶缘"后门一段时间，后来听说也关了。然后又开了，但是没有去吃过。

武夷小炒受欢迎的程度超乎想象，曾经某茶友的同事，想约她逛街，不去，看电影，不想动，说来马连道吃武夷小炒，立刻问啥时候去。要知道公司离得特别远，一个大对角，开车如果堵车就得两个多小时。

——本来是打算写写马连道商业配套的缺失和不合理性，需要从哪些方面改造调整，想先从吃饭入手，结果，写的刹不住了，索性，咱就聊聊在马连道吃饭的话题吧。

最早"茶缘"的院子里那几家饭店，是我们常去的地方，如今偶尔也去。有次本想去武夷小炒，结果武夷小炒关门了，改到了"茶缘"院里的一家，没想到刚好遇到一桌熟人，盛情难却，于是坐下来又吃又聊——在马连道吃饭偶遇熟人，再正常不过了。

新年华开业后,地下一层建了一个大排档,成了我们常去吃饭的所在,刚好混茶缘比较多,尤其是晚上,喝到饥肠辘辘,一行人到新年华大排档填饱肚子,回来继续喝。

当初去的最多的是卖炒饼炒面的那家,一份装得满满一"船",还送一碗粥,居然都能吃掉,后来一看到那家心里就打怵,转去吃刀削面了。而最初带我们吃炒饼的观止斋王老板,改吃饺子了。很多时候当你喝茶喝到无比饥饿时,一碗刀削面下肚,方觉得心里踏实了许多。

六层大排档哪年出现的记不清了,印象中有届斗茶大赛大众评委和工作人员吃工作餐,就是在这一层的大排档。那一次跟着花叔侯老师吃了一家,好像是高粱米做的面食,很有特色,不知道还在不在了。

最初六层那家素食自助火锅也是我们常去的所在,因为徒弟付苹和搭档和晓梅都是素食主义者,可是后来发现,自助的食材似乎添加了一些肉类。

六层去的最多的是那家北京味道,因为有段时间那是茶友会王会长的"食堂"。在北京味道之前去的比较多的是避风塘,几乎每次吃饭王会长必选那里。偶尔也会吃吃贵州臭鳜鱼,或者新辣道鱼火锅。

比较令人称奇的是,马连道有些名气的大小饭馆,王会长都能从包里掏出

和一杯茶邂逅

会员卡或者充值卡，有的甚至不止一张。像原来更香二楼几经易主现如今叫展家菜的那家，展家菜再往东的兰州牛肉拉面，甚至再再往东的康师傅私房牛肉面。

有时候跟他客气抢买单，他一脸假装生气的样子，哎！你结什么结？我这有会员卡！扬扬手中的卡，颇有"土豪"风范。

去年王会长吃饭的阵地，又多了一个山水酒店的真菌火锅。人在草木之会结束，移师山水蘑菇宴大快朵颐。会长好客，经常心念一动想起个谁，立刻拨通电话——XXX吃饭了吗……在山水的二楼，赶紧过来吧，叫上你家XXX……

话说临近春节前的一天，照例又到了晚饭时刻，会长说我们去山水吃火锅吧。可没想到，那儿居然放假了，会长打电话询问，回复说当天开始放假到初七后。

往新年华的路上会长有些闷闷不乐，说怎么放假了，过年期间正好是请客吃饭的高峰期。

我说，可能是服务员、厨师请假回家过年了，饭店没人服务了吧。

会长说，那也不至于这么早就放假啊，不会是倒闭了吧？

我说倒闭不至于，平时看他们生意挺好的，话说回来，就算倒闭了，以后大不了不去吃了。

会长有些急了，那不行啊，我会员卡里还存着好几千块钱呢！

竟然有这么巧的事，喝的就是自己的茶

张导跟做白茶的阿奕姑娘认识，可以说概率很低，更低的是，这两位恰巧我都认识，更更低概率的，而且非常戏剧性的是，那天张导拿给阿奕让她品鉴的寿眉，就是我从阿奕姑娘所在店里买的，后来送给了张导一包，也就是说，姑娘品的其实是自己的茶。

我原以为这属于个案，后来给其他茶友描述这个经历时，才知道，竟然早就有人故意如此套路过了，结果是品茶下结论那位，从此人品大爆发——负方向。

说一位我熟悉的吧，曾有人拿着从某老板那儿买的两款普洱和另外两饼别家买的普洱，让该老板品鉴，比较值得称赞的是，老板最后把自己的茶都品了出来，而且基本上也喝出来了另两款茶的优劣及来龙去脉。这哥们儿把过程和结果发到了群里，该老板人气指数顿时大涨。

但是我听说的另外几个类似的事情，品茶者就万劫不复了。

其中一个是前不久朋友讲给我的，说买茶的人故意带着茶又去找卖主品鉴，结果被卖主各种差评。不知道当时买者心里阴影面积有多大，朋友说买茶的人最后也没有告诉老板，这个茶就是你卖给我的。

另一个故事，某人从事书画装裱，其店旁边是一家普洱茶店。某次装裱店老板收到一饼朋友送的老班章，于是拿到了旁边店里想鉴别一下。那位茶店老板看到茶饼后，还没喝就说各种的不好。

然后老板说他有一饼真正的老班章,茶如何如何好,送你一块拿回去喝。老板翻箱倒柜找出来撬下一块,某人奉为珍宝捧回店里找个罐子收藏了起来。

后来某天,装裱店老板想起那块老班章还没喝,于是又带着茶去了店里,想回敬老板。

没想到,老板泡后只喝了一口,就将茶批得体无完肤。装裱店老板顿时惊呆了,这是什么套路?自黑吗?要不要告诉他,这就是他上次撬下来给我的?感觉自己已风中凌乱……

那些"勤快"的阿姨们,让杯具变成了悲剧

拿起搪瓷杯子我有些蒙了,这是我的那个杯子吗?怎么变得这么干净?仔细看了几眼,确定是。再一细看,杯子里外被彻底清洗过,这一定是不在家时老妈干的,一问果然。我欲哭无泪,之前花了好长时间慢慢养起来的杯子,付之东流荡然无存。

试图去理论,可是完全讲不通,在她老人家看来,杯子就应该干干净净的,什么茶底之类的根本理解不了。无奈只好央告,以后我的茶杯什么的,不用她洗我自己来。

同样的事情后来又发生过一次,这回是之前那家公司里的保洁阿姨干的。为了喝茶省事在公司里我放了一个飘逸杯,那个杯子也用了有段时间了,所以里面也挂了一层茶底。

通常下班前我都会把杯子清洗一下的,有天没洗,早上到公司后发现,不仅飘逸杯被刷干净了,连里面的茶底也都彻底干净了,甚至是滤网间隙,最

让我无奈的是，杯盖上还有一丝丝细密的划痕，朝着灯光晃动很有拉丝钢的效果。一问果然是保洁阿姨干的，还说我那个杯子滤网很难刷，费了她不少力气。

问了别的同事才知道，保洁阿姨每天清洁的时候，会把大家桌上带着剩茶的杯子、壶也顺带刷洗了。我跟公司行政说，让她转告保洁阿姨我的杯子和桌子不需要擦洗。可是没效果，还是照旧。据说有其他同事也叮嘱过吧，后来还查了公司内部的监控，发现保洁阿姨刷洗杯子的时候，把全公司的杯子都放进一个大水桶里一起刷洗。

公司后来换了新保洁员，不曾想她们都有一个习惯——每天给我们刷杯子擦桌子。不得已我拿张A4纸，写上不要刷杯子/不要擦桌子，每天下班后放在桌上显眼处，以示告知。

我以为这是我意外遇到的，不想有次喝茶无意间跟学妹聊到，她公司的保洁阿姨也有刷杯子的"好习惯"，学妹又生气又无奈地说，公司里有把紫砂壶，被保洁阿姨给毁了，里面被刷了还好说，毕竟看不见，但是壶的表面被铁刷子给划花了，基本上废了，本来养得挺好的一把壶。我说你应该庆幸，阿姨刷壶的时候，没给你用洗涤灵。

原以为这只是个案，没想到的是，类似情况在一些朋友公司或者家里都发生过，刷洗茶具是其一，甚至有时候一不留神还给弄坏了——某个杯子找不见了，一问才知道是保洁阿姨不小心摔碎了。

有两次去朋友公司喝茶谈事，发现有几只杯子都有裂纹或者有碎口儿，一问原来是保洁阿姨清洗时弄的。我说那为何还让她清洗，朋友说好的贵的都收起来了，外面摆着的都是相对普通一些的，坏了就坏了吧，也不用她赔。

　　我心想，喝茶的人用的一个杯子通常都是心爱之物，很可能少则几十块多则几百块甚至上千块，一把壶更贵了，除非是公司里公用的比较普通的，否则不小心摔了一把，如果要保洁员赔，或许她忙活一个月的工钱都未必够。而且，赔不赔还在其次，关键是在她的观念里，跟我母上大人无法理解茶渍养杯子一样，一个小杯子几百块几千块，搞不好她会以为在讹诈，再闹出其他意外事件——某公司保洁不慎摔坏老板价值上亿元的鸡缸杯，无力赔偿欲寻短见如何如何……

　　所以，奉劝各位茶友，尤其是公司里有茶室的，珍爱杯具，远离"勤快"的保洁阿姨。

　　附注：

　　本文只是在客观描述一种自然现象，没有轻视诋毁保洁阿姨勤劳之意。如有类似经历者，说说你的不幸遭遇，让我心里也平衡一下。

沧海龙吟

作为一饼茶，贺开是具象的，它的琥珀色茶汤呈现在眼前，它的甘润苦涩一层层在口中晕染递减，让你真切感受到了贺开的存在。

作为一个产区，贺开又是抽象的，那漫山遍野的原始古茶树，只是存在于想象之中，对于从来没有去过云南茶山的人来说，实在难以找到一个合适的影像。虽然我去过云南的茶区，可是我依然找不到一个参照。

贺开的茶让我开始感兴趣，源于美丽的老板娘魏阙，有一阵子不知道她动了哪根筋，几乎天天都会泡贺开来喝，她说她喜欢这个茶的味道。有几次让我赶上了，开始对这款茶有些甜润的后味，生出了些许的兴致，还有它的产地。

云南有些寨子的名字，真是有着无限的韵味和遐想，譬如昔归，譬如懂过，譬如薄荷塘，譬如这个贺开。所以那里产的茶，光听一下名字，就让人不由得期待要喝一杯了。

据说贺开的原住民拉祜族人，比较保守内敛，他们居住在山林中几乎不太与外界来往，所以才守得这片古茶林至今完好。而贺开的普洱茶略显涩苦，但很快会苦化甘来，而且杯香馥郁持久。

其实很多事情就像贺开和它那里的茶，或许要经历了长久的沉寂和尝遍了苦涩，才会守得云开见日月，一如龙吟沧海。所以当你拥有了这一美好的开始，怎会不让人由衷赞贺！

亦非台

几年前,观止斋的老王亲自在云南监制了一批普洱,亦非台是其中一款。那时候我对云南各产区的普洱,还没啥具体概念,喝不太出来各个寨子间的细微差异。而且当时新茶有七八款,除了名字外,实在搞不清谁是谁。

但这并没有影响我买茶,而且还存了一箱。之所以选择了亦非台,是觉得反正都是普洱,明镜本非台,哪个寨子的不重要,何况价格非常合适。

朋友帮我把一箱亦非台运回了家,我在书架上收拾了个空间,把纸箱子往上一放就没再管它。

转过年来,有天老王跟我商量,要加些钱回购亦非台。我有些意外,问为何,他说很多茶友喜欢,可是他们自己基本没货了。其实我对于回购没那么大的兴致,当初存茶又不是为了准备倒一手,而且老王给我加的价钱,也没多大吸引力。

没过几天，老王店里进了个贼，偷走了他的电脑和其他一些财物，那天下午我刚好去了店里，见老王无限颓废的样子，不由得心生怜悯，后来再说起回购的事儿，我立刻就同意了。

我把箱子从书架上拿下来，拆开后一股浓郁的茶香扑面而来，拿出一饼撬下来一喝，比去年滋味醇厚了很多。那一瞬间我真的有些后悔了，不过既然已经答应了老王，我最后还是把茶带到了店里。

现在市面上这款亦非台应该断货了，即使有卖的，价格肯定已翻了几倍，也就是说，我如果自己留着，当年几千块一箱子的亦非台，如今价值好几万了。

不过多少钱都与我无关了，茶已不在。亦非台，就是一款茶，你在意它的话，或许一直念念不忘，如果当它真的只是"亦非台"，那么在浩瀚的普洱茶的明镜里，或许它连个砂砾都不算吧。

究竟涅槃

　　每次去于老板那儿,他都给我泡一壶大红袍,他说这是他在福建的姐夫送给他的。不知道于老板的大红袍价值多少,反正包装挺华贵。

　　于老板在办公室里放了张茶几,把喝茶相关的各种茶器摆在上面。在茶几的里面,还有几盒别人送他的绿茶和一些干果,不知道是什么时候的茶和干果了,看起来都不是那么新鲜的样子。

　　某次机缘巧合,把于老板约到了观止斋。对于喝惯了大红袍的于老板来说,生普还是有些生疏,不过这不影响他喝茶买茶。慢慢地,于老板成了观止斋的常客。

　　经常混迹马连道后,于老板开始看不上自己之前那些茶具和茶了,某天一时兴起把茶几上的茶盘、茶具、瓶瓶罐罐都扔进了垃圾桶。

　　与别人买茶喝茶不一样的是,于老板没有单选一两款自己相对喜欢的普洱,而是按价格从低到高一样买了一饼开始喝,间或再买几饼送送朋友和客户。

　　转过年来,观止斋的新茶做回来了。这段时间因为公司业务比较忙,而且

还都是外地的项目,于老板有日子没去观止斋了。

再见到于老板时,又过去了几个月,让他意外的是,之前他买过的那批普洱,全都涨价了,尤其是究竟涅槃,从之前的四千多块一饼,涨到了一万五。于老板惊讶得嘴都合不上了,他说其他的茶差不多都喝了,现在家里刚好就剩一饼究竟涅槃。

至今我都和一帮朋友在惦记着于老板那饼茶,谋划着哪天组团去于老板家,尝一尝一万多块一饼的普洱,喝完后究竟能不能"涅槃"。

归去来兮

昔归坐落在群山环抱之中,一边是村寨,一边是河水。去昔归的山路,感觉一直都在环绕着山峦向下、向下、向下,当路来到了山底,昔归就到了。

下车进了茶农的初制所,刚好有一批新茶晒干,茶农顺手从干毛料袋子里抓了一把,泡给我们喝。

在茶山里都是这样,进了门坐下来第一件事就是泡茶,新做的或者以前的干毛茶,几乎没有茶饼。冒尖的一盖碗,烧开了水浇进去,一股带着青涩与阳光的生香,充满了鼻子与口腔。后来回了北京,每次喝到这种干毛料,刹那间让我恍惚又置身于云南的茶山之中。

因为初制所刚好在翻修,杂乱无章、无处安身,所以我们并没有怎么停留,便启程去了下一个寨子。

再一次去昔归,完全在计划之外,因为时间并没有隔多久,所以到了之后,茶农的初制所还没有翻修完毕,四处还很凌乱。院子里待不下,于是我们几个人转到了隔壁初制所去喝茶。

招待我们的是一位美丽的昆明姑娘，她是某茶厂派到初制所的监制，虽然我们不是找她买茶，而且来的有些唐突，但姑娘并没有因此而慢待我们。茶山就是这样，来了就是客，坐下来先喝茶。

想不起那天下午具体喝了什么茶了，好像姑娘从袋子里先后拿出好几样来，期间我们萍水相逢的几个人随意闲聊着。喝茶的间隙，从初制所二楼这间简易茶室的窗子望出去，远处的群山、树木与河水，笼罩在一层若有若无的虚白水汽之中。

姑娘年龄并不大，却起了个名字叫小茶婆。她说她是毕业时找工作，机缘巧合入了茶这行，虽然学的并不是相关专业，进来后发现竟然很是喜欢。姑娘所在茶企在昆明，公司派她到各个茶区做监制，过些天昔归茶做好了，就转去下一个寨子，然后再下一个寨子。

也许这就是普洱茶的魔力，可以让一个二十几岁的姑娘，如此安然地守在如若与世隔绝、原始的茶山之中，日夜与茶相伴，而且心享其中。

寂寞开无主

芳芳经常在朋友圈秀着美。与其他女孩秀自拍美、衣包美不同，芳芳秀跑步、站桩，最近又开始练起了武术。

芳芳觉得自己并不是很完美，但她认为靠后天的锻炼塑形，而不是用PS图片蒙人以及去整形，这一切都是可以改变的。只要你坚持，时间可以带来你期待的结果。

芳芳之所以有此信念并付诸行动，是因为她毕业后进入了茶企，做白茶的销售，而她自己也非常喜欢白茶。芳芳见过很多新白茶被岁月慢慢赋予了内涵后形与质的层进。她觉得，一个女孩子也可以如此，即使她天生并不完美。

女孩子生来可能是白毫银针，可能是牡丹，但更多的或许是贡眉和寿眉，外形上并不熠熠闪光，并不那么令人赏心悦目。可是在岁月不断的积淀下，寿眉依然可以变得滋味醇爽、甘香鲜纯。不过，必须能耐得住寂寞，等待那个蜕变的过程，懂得品味你的人到来。

无论是新茶还是老茶，芳芳让它们都陆续有了自己的主人，而芳芳自己依然在朋友中，仿佛一杯泡好的白牡丹，条索、汤色那么让人赞赏，可是却不知为何，至今没人去端杯品茗。

或许与白茶一样，一款好茶大家都喜欢，而是否出手买下，还要在心底衡量一番它的内涵价值，二者可遇不可求。而芳芳好比一款正在经历岁月沉淀的白茶，等待着那个发现她的人到来。

暗香疏影

梅子上大学那会儿,几乎没怎么被男生追过。不是梅子不美,而是她美的有些冷拒,看着可以亲近,却又让人靠近时颇有些生畏。偶遇胆大的男生欲表白,梅子只是微微一笑,男生便仿佛碰了一道纱帘般就此打住。毕业时同寝室的姐妹都成双成对儿,唯独梅子依然单着。

临毕业同学们都在忙着找工作,梅子却去了一家茶馆当店员。其实梅子不懂茶也不喝茶,之所以选择茶馆,是因为曾经偶然一次进到里面,让梅子一下子觉得只有这种地方,才真正适合一个女人去上班。

茶馆每天都有一波波的客人往来着,有一些常客跟梅子混熟了,偶尔也会问她有没有男朋友,想找个啥样的,甚至直接问梅子你看我行不?梅子还像当年一样笑而不答。

有一天店里来了个年轻人,翻了下茶单然后叫来梅子,说我自己带了普洱,你给我泡一下吧。梅子接过茶饼,一看白棉纸上面写着"懂过",一瞬间梅子的心里说不上缘由的一动。

没多久梅子结婚了,确切地说是闪婚,老公就是那天拿着懂过让梅子泡茶的人。婚后半年多,梅子生下了个胖闺女。

这时梅子已经自己开了家茶店,每天边带着闺女边照顾着店里的生意,忙得不亦乐乎。有时常来的熟客偶尔会问起梅子,为何总也见不到她老公,梅子

笑笑说他在云南做茶。

女儿五岁的时候,梅子离婚了。没人知道这几年到底发生了什么,而梅子也很少跟任何人说起。

有一天梅子的店里来了几个闲逛的年轻人,其中有个女孩指着架子上的普洱说,老板娘你真会起名字,昔归、贺开、易武、懂过,听着都像一个个故事似的。

梅子笑了笑,拿起架子上的懂过说,我以前第一次见到时也跟你想的一样,其实它们都是云南那边村寨的名字。来,姑娘,坐下喝杯茶,我给你们泡一壶懂过。这饼茶存了六年了,我还记得第一次喝它时的感觉,只是,已经过去这么多年了,或许再也喝不到当初的那个味道了。

五味魁首最是鲜

大多数的人眼中，吃，似乎终归是个烟火平淡的话题，真正卓越的人是不会把自己的时间浪费在吃什么、怎么吃的问题上的。

有趣的是，事实恰恰与人们的观点背道而驰。中国几千年的灿烂文明中，饮食文化由古至今从未间断过，八大菜系，百味珍馐，蕴含和彰显着浓厚的人文风貌与丰硕的文化成果。

从我国最早的饮食专书《食珍录》，到善烹肉食的《食经》，主攻素食的《山家清供》，从载录袁枚四十年美食实践的《随园食单》，到父子两代合著的《醒园录》，饮食之道一直在文人的笔下传承，成为墨客无法割舍的情怀。白居易在《食笋》中慨叹："每日还加餐，佳食不思肉。"张爱玲也曾将"鲥鱼多刺"、"海棠无香"与"红楼梦未完"并列为人生三大憾事。钱钟书则以一贯的俏皮说道："烹饪是文化在日常生活里最亲切的表现，西洋各国的语文里文艺鉴赏力和口味是同一个字（taste），并非偶然。"张大千则斩钉截铁地宣言："吃是人生最高艺术！"孙中山先生在其《建国方略》一书中也说："我中国近代文明进化，事事皆落人之后，惟饮食一道之进步，至今尚为各国所不及。"想来也甚为有趣。

时节"大雪"已过，天气寒凉，如自然万物一般，人们也进入一年中的"冬藏"，四季轮回中隐藏着的严密历法，历经千年而不衰。作为一枚丽江原住民，同其他丽江人家一样，每到冬天，我家桌上必然少不了一锅腊排骨，这是丽江人度过严冬的"当令要食"。

不同于接待游客的食肆，自家的腊排骨从原料开始都必须亲力亲为，猪肋排提前半年就到城郊村里相熟的人家预订好，自然放养的生态猪。做法沿袭传统，入冬"小雪"后腌制，每年只有这最冷的两个月可以腌制！肋排取回洗净后用高度粮食酒擦拭一遍，之后用井盐、花椒的混合料里外抹匀，除此之外不再加任何调料。腌制完成以后取一中间位置戳一小孔穿一麻绳，便可以挑高晾晒于屋檐之下,剩下的,就交给掠过玉龙雪山的高原季风和海拔两千米以上的阳光,静待一个月以后就可以上桌了。

传统的吃法会根据人数提前取适量腊排骨,剁成小段,放入清水中浸泡半天(4~5小时),这一步不能省去,否则炖出的排骨容易咸;泡好后捞出备用,烧水起锅,水沸后入排骨,加料酒,煮开后取出;加入占炖锅三分之二的水,放入排骨、姜片、葱段、干花椒、料酒,大火煮开后转小火慢慢炖煮,再依个人喜好配以薄荷、韭菜根、西红柿、洋芋片、莴笋等时鲜蔬菜,最后再调一碗合乎个人口味喜好的蘸水,或酸甜或麻辣,在充分享受撕咬带来的唇齿快感后,随着一碗排骨汤下肚,寒凉的身体像被阳光一寸寸照遍,这一年里那些不如意的,让人焦虑、紧张、沮丧的种种,这一刻全都化为乌有。窗外细碎的雪花缓缓落着,房间里砂锅咕噜咕噜的泡冒着,此刻你只有自己,只有满身的温暖欢喜,一锅好排骨汤就是有这样的威力。

当下人们生活节奏不断加快,因为忙碌很少再会花时间为自己做一份可口的食物。有一些传统的顶好吃的东西就这么渐渐消失,然而,沿袭祖先的生活智慧,并以此安排自己的饮食,已化为中国人特有的基因。我有幸能尝到其中之一,真是令人觉得幸运的事情。

小时候吃的腊排骨是奶奶做的,每次吃奶奶都会问:"好吃吗?"我答:"好吃呀奶奶,你做的最好吃了!"后来奶奶离我而去。妈妈开始照着奶奶教的方法腌制晾晒,制好后细心打包寄到两千多公里之外的北京,我再慢慢熬成一锅跟记忆中一样味道的排骨汤。家的桥梁,文化的传承,三代人的亲情,远隔千山万水,北京和云南,慢慢就融汇在这一碗热汤里。

呃,就像历经岁月的老茶,只要太阳在,传承在,味道都是一样好啊。

租个院子烤玉米

明：大家谁有院子的资源啊？我想租一个。

周：租院子干什么？北京的院子很不好租，而且比较贵。

明：特别想念家乡的烤红薯、烤玉米，来北京后一直没机会吃到，有了院子我就可以天天烧烤了。

周：玉米不错，最近刚好在写一本书，第一次品黄玉米就上手。

林：都是品玉米高手啊，我这有个玉米样本，发图片大家给鉴别下。

黄：看这玉米应该是手工做的，比较纯正没有拼配，就是比较新，再存放几年就更好了。

周：此玉米毫少，但有蛤蟆皮，色泽金黄，为精品中的上品，可否顺丰我一品？

林：这个是前段时间采的早秋玉米，没货了。

黄：有白露后的吗？滋味如何，是哪个寨子的？

周：早秋这个玉米最大的卖点，是汤色淡黄，浓稠甜润，口齿留甘，尤其值得一提的是，价格不贵。

林：质感很好，吃后牙齿上还有黏附物，内涵物质丰富，非常生津，全程无涩感，香气自然，还很持久。

周：而且体感明显，用后有饱腹感，这一点不能不提。

黄：建议后期焙火重些，否则品鉴过程比较费牙。

明：最好用上好的松木，祖传老铁锅手工烘焙。

周：此料宜焖不宜焙。

马：最好是炭焙。

周：反对，还是焖的好。

马：难道周某你作为南方人，没有吃过烤玉米？

晶：还是小火焖的好。烤的，难道是新工艺玉米？

黄：玉米东北人喜欢柴烧焙火烤制的，色泽金黄乌润，口感甘醇。

周：焖的金黄晶莹剔透，比较水润，口感细腻温和。

黄：烤的比较适合晚秋后采摘的玉米，焖的适合早秋的，以及果香和花香型的玉米。

周：焖的适应面广，前期嫩料和后期粗老料手法不同，均可处理，而且风味不同。

黄：烤的更适合传统品类和粗老料。

周：烤的那种要盐韵，焖的不需要盐韵，更原味。

黄：烤的品鉴过程中，通过牙齿的不断咀嚼可以体验口腔里不同的味道的层次变化，而且可以不加盐韵调节。

周：烤的容易沁入心火，与今日之健康理念有偏差。

黄：烤的更符合东北消费人群的需求。

周：焖的适应范围广，放之四海而皆准。

林：烤的好，可以小炭炉慢烤。

黄：近些年南方玉米专家说烤的不符合现代健康标准，结果烤玉米市场越

来越萎缩。为了复兴烤玉米,我们肩负重任,玉米人努力啊!

周:烤玉米这种手法在偷玉米后的天然环境下,依然是烹饪之首选,买的玉米住在楼房里不方便点火,野趣不再。

黄:可以在明租到的院子里,组织玉米品鉴会啊,准备些焖玉米和烤玉米,我们到时候盲品一下,哪个更胜一筹。

晶:品鉴哪个山头的?

黄:哪个山头都行,可以大家自带,到时候盲品猜一下。

马:除了重焙火,我还比较喜欢蒸青玉米,更甜。

黄:还有蒸青工艺?这是哪里的工夫?

明:还有炒玉米,到时候也可以盲品下。

周:好哇,就等你的院子了。

明:好吧,大家谁有院子的资源啊……

附注:本故事纯属真事儿,作者仅进行了稍许润色。

特别感谢

特约摄影师：胡　廷　夏　至
特约茶艺师：和晓梅　付　苹　李晓晓
特约插图：北京茶友会　王伟欣
　　　　　半亩茶园　汪朝江
　　　　　凤鸣轩　茗　刘
　　　　　付　苹
　　　　　观止斋　王砚生
　　　　　贾翠峦
　　　　　赖春梅
　　　　　李小梅
　　　　　李晓晓
　　　　　铜官窑泥人刘工作室
　　　　　云　烨

（以上排名以拼音为序）